KB179100

벤투의 스케치북

벤투의 스케치북

존 버거 글 그림 | 김현우 진태원 옮김

열화당

이 사랑스러운 퍼슬리 드로잉은
오직 이 책의 한국어판을 위한 작품입니다. ─존 버거

This drawing of the parsley of love is
uniquely for the Korean edition of our book. ─John

한국어판 서문을 대신하여, 존 버거가 글과 함께 보내온 드로잉.

Beverly reading

독서 중인 베벌리.

올해 가을 퀘치 자두나무에 열매가 잔뜩 열렸다. 무게를 이기지 못하고 툭 부러지는 가지도 있을 정도였는데, 이렇게 서양자두가 많이 열린 적은 없었던 것 같다.

완전히 익으면 보라색 자두는 땅거밋빛이 난다. 햇빛이 있는 날이면 —며칠째 계속 해가 나고 있다— 잎사귀 뒤로 땅거밋빛으로 빛나는 서양자두 송이를 볼 수 있다.

이 정도로 파란 열매로는 블루베리가 있지만, 그 색은 짙고 보석 같은 파란색인 반면, 퀘치 자두는 선명하지만 희미하게 사라지는 연기 같은 파란색이다. 자두 열매 넷, 다섯, 혹은 여섯 송이가 가지의 작은 싹에 달려 한 줌씩 자란다. 나무 한 그루에 수백 줌의 자두 송이가 열린다.

어느 이른 아침 자두 송이를 그려 보기로 마음먹은 것은, 아마도 내가 왜 '한 줌'이라는 표현을 반복해 쓰는지 좀 더 이해해 보기 위해서였을 것이다. 그림은 서툴고 형편없었다. 한 번 더 그린다. 그리기로 마음먹은 자두 송이에서 주먹 세 개쯤 떨어진 곳에 흰색 바탕에 검은 무늬가 있는 작은 달팽이 한 마리가 있다. 손톱만 한 달팽이는 먹고 있던 잎사귀 위에서 졸고 있다. 두번째 그림도 첫번째 것만큼이나 좋지 않았다. 나는 그만두고 일과를 시작했다.

오후가 끝나 갈 무렵, 같은 자두 송이를 한 번 더 그려 보겠다는 생각에 자두나무를 찾았다. 아마도 빛이 달라져서 그렇겠지만 —이제 해는 동쪽에서 서쪽으로 넘어와 있다— 아침에 그렸던 송이를 찾을 수가 없었다. 심지어 같은 나무인지도 확신할 수 없었다.

다른 나무 아래로 가, 가지 아래 웅크리고 서서 올려다보았다. 퀘치 자두가 셀 수도 없을 만큼 많았지만, 나의 한 줌은 없었다. 물론 다른 자두 송이를 그리면 쉬운 일이지만, 내 안의 무언가가 완고하게 거부했다. 두 나무 아래를 오가며 계속 맴돌았다. 그때 달팽이가 눈에 들어왔다. 녀석에게서 왼쪽으로 삼십 센티미터쯤 떨어진 곳에서 나의 자두 송이도 발견했다. 달팽이는 위치를 바꾸었지만, 멀리 벗어나지는 않았던 것이다. 녀석을 한참 들여다봤다.

드로잉을 시작했다. 잎을 표현할 녹색이 필요했다. 발밑에 쐐기풀이 있었다. 잎을 뜯어 종이에 문질러 녹색을 얻었다. 이번에는 계속 그렸다.

사흘 후면 자두를 따야 한다. 통에 담아 몇 달 동안 발효시키면, 훌륭한 슬리보비츠*를 얻을 수 있다. 또한 잼으로 만들어도 좋고, 타르트에 얹으면 근사하다.

퀘치 자두를 딸 때는 가지를 흔들어서 열매가 땅에 떨어지게 하거나, 양동이를 들고 나무에 올라가 직접 손으로 딴다.

나무에는 막 자라기 시작한 가시와 잔가지가 많다. 나무 위로 높이 올라가면, 덤불 아래를 기어가는 기분이 든다. 파란 연기로 만든 반지 같은 자두 송이를 차례로 지나며, 빈 손바닥에 자두를 올리면, 따뜻한 느낌이 엄지손가락에 전해진다. 세 개나 네 개, 다섯 개까지 쥘 수 있지만, 더 이상은 안 된다. 그것이 내가 자두 송이를 한 줌이라고 한 이유다. 자두 몇 개가 어쩔 수 없이, 손목을 타고 잔디 위로 떨어진다.

나중에 무릎을 꿇고 땅에 떨어진 자두를 주워 양동이에 담을 때, 흰 바탕에 검은색 무늬가 있는 달팽이 몇 마리와 마주친다. 자두와 함께, 다치지 않고 떨어진 녀석들이다. 달팽이 다섯 마리를 나란히 놓아 보면, 놀랍게도 자두를 찾는 걸 도와주었던 녀석을 쉽게 알아볼 수 있다. 녀석도 그렸다, 실물보다 조금 크게.

일반적으로 베네딕투스(벤투) 데 스피노자로 알려진 철학자 바루흐 스피노자(1632-1677)는 렌즈 세공으로 생계를 유지하며 짧은 생애의 가장 왕성한 시기에 『지성 개선론(*Tractatus de intellectus emendatione*)』과 『윤리학(*Ethica*)』을 썼는데, 두 책 모두 그의 사후에 출간되었다. 스피노자에 대해 다른 이들이 간직한 물품이나 남긴 회고를 보면, 그는 그림도 그렸음을 알 수 있다. 드로잉을 즐겼고, 스케치북을 들고 다녔다. 스피노자의 갑작스런 죽음 후에 —렌즈 세공을 하며 얻은 규폐증(硅肺症)이 사인이었을 것이다— 친구들은 편지와 수고(手稿), 메모들을 찾아 복원했지만, 스케치북은 찾지 못했거나, 찾았더라도 나중에 잃어버린 것으로 보인다.

몇 해 전부터, 나는 스피노자의 드로잉이 있는 스케치북을 발견하는 상상을 했다. 그 안에서 뭘 보기를 바랐는지 나도 모른다. 무엇을 그렸을까. 어떤 형식으로 그렸을까. 피터르 더 호흐, 페르메이르, 얀 스테인, 헤라르트 다우가 그와 같은 시대를 살았던 화가들이다. 잠시이긴 하지만, 스피노자는 암스테르담에서 렘브란트와 불과 몇 백 미터 떨어진 곳에서 살았던 적도 있었다. 렘브란트는 스피노자보다 스물여섯 살이 많았다. 전기 작가들은 두 사람이 아마도 만났을 거라고 암시한다. 데생 화가로서 스피노자는 아마추어였을 것이다. 그의 스케치북이 발견된다 해도, 그 안에 대단한 작품이 있을 걸로 기대하지는 않았다. 단지 그의 말과, 철학자로서 그가 남긴 놀랄 만한 명제들을 다시 읽고, 동시에 그가 두 눈으로 직접 관찰했던 것들을 살펴볼 수 있기를 원했던 것뿐이다.

그러다가 작년에, 바바리아에서 인쇄업을 하는 폴란드인 친구가 내게 스케치북 한 권을 선물해 주었다. 살색 스웨이드 가죽으로 표지를 씌운 스케치북. 그때 혼잣말을 했다. 이것이 벤투의 스케치북이야!

나는 그려지기를 바라는 대상들을 그리기 시작했다.

하지만 시간이 지나면서, 우리 둘―벤투와 나―을 점점 더 구분할 수 없게 되었다. 바라보는 행동, 눈으로 질문하는 행동 안에서, 우리는 서로를 어느 정도 대신할 수 있게 되었다. 그런 일이 가능한 것은, 내 생각에는, 그림을 그리는 행위가 이끌어 가는 어딘가, 혹은 그 무언가에 대한 인식을 우리가 공유했기 때문이다.

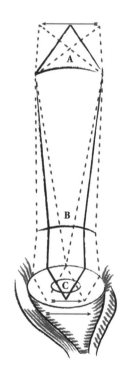

Diagram by Spinoza of telescope lenses and eye.

스피노자가 그린 망원경 렌즈와 눈 도해(圖解).

집의 남쪽 벽 아래에서 자라는 붓꽃을 그리고 있다. 키가 일 미터쯤 되는데, 활짝 피기 시작하면서 꽃 무게 때문에 조금 기울었다. 꽃자루 하나에 꽃잎이 네 개. 햇빛이 눈부시다. 때는 5월. 해발 천오백 미터 아래의 눈은 모두 녹았다.

이 붓꽃은 보기에 코퍼 러스터(Copper Lustre)라는 변종 같다. 색깔은 진홍빛이 도는 갈색과, 노란색, 흰색, 구리색이 섞여 있는데, 성의 없이 연주하는 브라스 밴드의 악기 색깔이다. 꽃자루와 꽃받침은 창백한 청록색이다.

검은색 잉크〔쉐퍼사(社) 제품〕와 물, 침으로 그리는데, 붓보다는 손가락을 쓴다. 앉은 자리 옆에는 채색된 한지(漢紙)가 몇 장 놓여 있다. 곡물 색깔 때문에 그 종이를 골랐다. 나중에 종이를 찢어서 콜라주처럼 붙일 생각이다. 그때 쓸 풀도 준비했다. 잔디밭에는 밝은 노란색 오일 파스텔도 있는데, 아동용으로 나온 조토사(社)의 파스텔 키트에서 빼온 것이다.

드로잉으로 완성된 꽃은 실물의 절반 크기로 보일 터이다. 그림을 그리는 동안은 시간 감각을 잃게 된다. 공간의 비(比)에 너무 집중하는 것이다. 한 사십 분 정도, 어쩌면 더 오래 그림을 그렸다.

붓꽃은 고대 바빌론 시대부터 재배했다. 아이리스라는 이름은 나중에, 무지개를 뜻하는 그리스 신의 이름에서 따온 것이다. 프랑스의 왕족을 상징하는 백합 문장(紋章) 속의 꽃도 붓꽃이었다. 활짝 핀 꽃이 그림의 위쪽 절반을 차지하고, 줄기가 아래쪽 절반을 세로로 가로지른다.

줄기는, 수직은 아니고 오른쪽으로 조금 기울었다.

어느 순간, 그러니까 그리던 그림을 버리고 새로 그리기로 마음먹지 않는다면, 대상을 측정하고 정리하는 행위와 관련한 바라봄의 성격이 달라진다.

처음엔 종이에 옮길 선과 형태, 색조를 알아내기 위해 대상(붓꽃 일곱 송이)에 대해 질문한다. 드로잉은 그 질문에 대한 답을 쌓아 간다. 물론, 처음 대답에 대해 계속 질문하면서 수정사항도 쌓인다. 드로잉은 수정이다. 이제 나는 한지를 사용한다. 한지 덕분에 잉크 선이 엽맥(葉脈)이 된다.

어느 순간 ―운이 좋다면― 쌓여 가던 수정이 하나의 이미지가 된다. 그 말은 한 무더기의 표식이기를 그치고 하나의 존재가 된다는 뜻이다. 어색하지만, 분명 존재한다. 바로 그때, 바라봄의 성격이 달라진다. 이제 대상에 대해 했던 만큼 존재에 대해서도 질문하기 시작한다.

어색함에서 벗어나기 위해, 대상은 어떻게 바뀌어야 할까. 드로잉을 응시하고, 붓꽃 일곱 송이를 반복해서 흘낏 본다. 이번에는 그 구조가 아니라, 거기서 뿜어 나오는 것, 그 에너지를 바라본다. 붓꽃은 주변의 공기에 어떻게 반응하는가. 햇빛과, 담에 반사되는 온기에 어떻게 반응하는가.

이제 드로잉은 무언가를 더하는 것만큼, 무언가를 덜어내는 작업이 된다. 종이 위의 형상 못지않게 종이 자체도 중요하다. 나는 면도칼과 연필, 노란색 크레용과 침을 사용한다. 서두를 수가 없다.

마치 세상의 시간을 모두 가진 것처럼, 천천히 작업한다. 실제로 나는 세상의 모든 시간을 가지고 있다. 그런 믿음으로 작은 수정들을 행한다. 하나, 하나, 다시 또 하나, 붓꽃 일곱 송이의 존재를 조금 더 편안하고, 점점 분명하게 만들기 위해. 세상의 모든 시간.

사실, 그림을 오늘 저녁에 전해 줘야 한다. 이틀 전, 쉰여덟의 나이에 심장마비로 죽은 마리-클로드에게 바칠 그림이다.

오늘 밤, 이 그림은 교회에 있는 마리-클로드의 관 주변 어딘가에 놓일 것이다. 마지막으로 그녀를 보려는 사람들을 위해 관은 열려 있을 것이다.

장례식은 내일이다. 장례식을 마치면, 그림은 말아서 리본으로 묶은 다음 생화와 나란히 관에 담겨 마리-클로드와 함께 묻힐 것이다.

우리 같은 드로잉을 하는 사람들은, 무언가를 다른 이에게 보여 주기 위해서가 아니라, 보이지 않는 무언가가 계산할 수 없는 목적지에 이를 때까지 그것과 동행하기 위해 그림을 그린다.

마리-클로드의 장례식을 마치고 이틀 후, 나의 작은 드로잉—실물의 팔분의 일 크기로 그린 코퍼 러스터 붓꽃 그림—이 런던의 경매에서 사천 오백 파운드에 낙찰되었다는 이메일을 받았다. 마리-클로드가 생전에 꿈도 꿔 볼 수 없던 금액이다.

경매는, 영국 내에서 정치적 망명을 요구하는 사람들에게 윤리적, 물질적, 법적 지원을 하는 헬렌 뱀버 재단에서 주최한 행사였다. 불법 이민 소개업자들 —이름만 다를 뿐 노예상인이나 마찬가지다—, 혹은 시민들을 폭압하는 군부나 인종차별주의적인 정부 때문에 삶과 정체성이 산산조각 난 사람들. 재단에서 기금 마련을 위해 예술가들에게 작품을 기부해 주기를 부탁했던 것이다.

다른 많은 사람들처럼 나도 작은 기부를 했다. 2007년 크리스마스 즈음에 멕시코 남서부 치아파스에서 그린 마르코스 부사령관의 목탄 초상화였다.

마르코스와 나, 사파티스타 대원 두 명과 아이 두 명이 산크리스토발 데 라스 카사스 외곽의 통나무집에 편안하게 머물고 있다.

우리 둘은 이전에 편지를 주고받은 적이 있었다. 마르코스와 나는 같은 지평에서 이야기를 했지만 직접 얼굴을 마주한 적은 한 번도 없었다. 그는 내가 자신을 그리고 싶어 한다는 것을 안다. 나는 그가 마스크를 벗지 않을 것임을 안다. 우리는 다가올 멕시코 선거나 생존자로서 농민 계급에 대해 이야기할 수도 있었지만, 그러지 않는다. 낯선 고요함이 우리 둘에게 영향을 미치고, 우리는 미소 짓는다. 그를 지켜보고 있지만 드로잉을 하고 싶어 초조해 하지는 않다. 셀 수 없을 만큼 많은 날을 함께 보낸 사이 같고, 모든 것이 특별할 것 없이 친숙했고 어떤 행동도 필요하지 않은 것 같다.

마침내 스케치북을 꺼내고 목탄을 집어 든다. 마르코스의 이마 아래쪽과 두 눈, 콧대가 보인다. 나머지는 스키 마스크와 모자로 가린 상태다. 나는 엄지와 다른 두 손가락 사이에 쥔 목탄이 움직이는 대로, 마치 촉각을 통해 점자를 읽듯이 그려 나간다. 드로잉을 멈추고, 목탄이 번지지 않게 정착액을 뿌린다. 통나무집 안에 정착액의 알코올 냄새가 퍼진다.

두번째 그림에서 그는 오른손으로 마스크의 볼 언저리를 만진다. 커다란 손을 펴면, 손가락 사이에 고통이 있다. 고독이라는 고통. 지난 오백 년 동안 온 민중이 느껴 온 고독.

얼마 후 세번째 그림을 시작한다. 두 개의 눈이 나를 살핀다. 마르코스의 미소가 가볍게 떨리는 것만 같다. 그는 파이프 담배를 피운다.

파이프 담배를 피우는 것, 혹은 함께 있는 사람이 파이프 담배를 피우는 모습을 지켜보는 것은 그냥 시간을 보내거나 아무것도 하지 않을 때 하는 행동이다.

드로잉을 정착시킨다. 다음 그림, 네번째는 서로를 뚫어질 듯 바라보는 두 남자의 그림이다. 각자 자기 방식으로 바라본다.

어쩌면 넉 점의 그림은 제대로 된 드로잉이라기보다는, 그저 어떤 만남을 스케치로 표현한 지도들일지 모른다. 길을 잃지 않게 도와줄 지도들. 희망이라는 질문.

헬렌 뱀버 재단에 기부한 것은 그 지도들 중 하나였다.

마르코스 드로잉에 대한 입찰은 꽤 길고 뜨거웠던 모양이다. 입찰자들은 자신들이 믿는 가치를 위해 서로 돈을 내겠다고 경쟁했고, 그 대가로 비전을 가진 정치 사상가에게 조금 더 다가가기를 희망했다. 멕시코 남서부의 산악지대에 은둔하고 있는 그 사상가에게.

경매에서 생긴 수익은 사라, 아미드, 굴슨, 신 같은 사람들을 보살펴주고, 그들에게 의약품을 전달하고, 상담가, 간호사, 변호사를 구할 수 있게 도와줄 것이다.

우리 같은 드로잉을 하는 사람들은, 관찰된 무언가를 다른 이에게 보여 주기 위해서가 아니라, 보이지 않는 무언가가 계산할 수 없는 목적지에 이를 때까지 그것과 동행하기 위해 그림을 그린다.

이제, 이 주 전에 시작한 드로잉이 하나 있다. 매일 나는 그 작업을 한
다. 나도 모르는 새 그 앞에 웅크리고 앉아, 수정하고, 지우고, —두꺼
운 종이에 그린 커다란 목탄 드로잉이다— 보이지 않는 곳에 숨기고, 벽
에 걸어 보고, 다시 작업하고, 거울에 비춰 보고, 다시 작업하다가, 오
늘에야 이만하면 마친 것 같다고 생각한다.

　스페인 무용수 마리아 무뇨스를 그린 드로잉이다. 1989년, 마리아는
세 아이의 아버지이자 남편인 펩 라미스와 함께 말 펠로라는 무용단을
설립했다. 무용단은 카탈로니아의 지로나에서 활동하며 유럽 여러 도
시에서 공연을 했다. 오 년 전 두 사람은 나에게 공동작업을 제안했다.

　어떤 공동작업? 그 공동작업이란, 무용수들이 짝을 맞춰 노래하듯
즉흥적으로 움직이고 연습하는 모습을 내가 지켜보다가, 가끔씩 스토
리 라인을 조금 틀거나, 단어 혹은 투사되는 이미지를 바꿔 보는 것을
제안해 달라는 말이었다. 무용단은 나를 서사와 관련된 자문 정도로 활
용하게 될 터이다.

무용수들이 식사를 준비하고, 테이블에 둥글게 모여 앉아 이야기를 나누고, 아이들을 달래고, 의자를 고치고, 옷을 갈아입고, 연습하고 또 춤추는 모습을 지켜봤다. 마리아가 가장 경험이 많은 무용수지만, 그녀는 지도를 하지 않는다. 대신 본보기로, 그녀는 종종 위험을 감수하는 모습을 보여 주기도 한다.

자기 작업에 몰두하는 무용수의 몸은 이중적이다. 그건 그들이 어떤 일을 하든 알아볼 수 있다. 일종의 불확정성 원리가 그들을 결정하는데, 입자성과 파동성이 교대로 반복하는 대신, 무용수의 몸은 선물을 주는 이와 선물 사이를 오간다.

무용수들은 자신의 몸을 속속들이 알고 있기 때문에, 그들은 자신의 몸 안에 있으면서, 몸에 앞설 수 있고 또 몸을 넘어설 수도 있다. 그런 변화는, 매 초마다 일어나기도 하고, 매 분마다 일어나기도 한다.

각각의 몸이 가진 이중성 덕분에 무용수들은, 공연을 할 때 한 덩어리의 존재로 합쳐질 수 있다. 서로 의지하고, 들어 올리고, 옮기고, 구르고, 떨어졌다가, 다시 만나고, 서로를 지지대 삼아 두세 개의 몸이 하나의 거처가 된다. 하나의 살아 있는 세포 안에 분자와 유전정보 전달자가 함께 있고, 하나의 숲에 여러 동물들이 함께 있는 것과 비슷하다.

바로 그 이중성이 그들이 도약 동작뿐 아니라 착지 동작에도 신경을 쓰는 이유이고, 바닥 역시 머리 위 허공만큼 그들에게 도전의 대상이 되는 이유이다.

나는 말 펠로 무용단이 공연하는 모습에 대해 이렇게 쓴다. 그것이 마리아의 몸을 묘사하는 한 방법이기 때문이다.

그녀를 지켜보던 어느 날, 드가의 후기 조각상과 나체 무용수의 드로잉들, 특히 〈스페인 춤〉이라는 작품이 생각났다. 마리아에게 자세를 잡아 줄 수 있냐고 부탁했고, 그녀는 승낙했다.

이거 한번 봐주세요, 그녀가 제안했다. 무대에서 취하는 준비 자세인데, '브리지'라고 부르죠. 몸의 무게가, 바닥을 짚고 있는 왼손 손바닥과 역시 바닥에 평평하게 놓은 오른발 발바닥 사이에 걸리게 되거든요. 고정된 두 점 사이에서 몸 전체는 무언가를 예상하고, 기다리며, 걸려 있는 거예요.

'브리지' 자세를 한 마리아를 그리는 것은 아주 좁은 광물층에서 석탄을 캐는 광부를 그리는 것과 비슷했다. 마리아의 몸은 매우 여성적이지만, 지독한 노력과 인내를 시각적으로 경험한다는 점에 있어 거기에 견줄 만했다.

무용수 몸의 이중성은, 그 고요함—바닥에 편안하게 놓인 왼발은 한 마리의 잠든 짐승 같았다—과, 어떤 중량도 놓치지 않고 맞설 준비를 하고 있는 엉덩이와 등의 촘촘한 힘 사이에서도 분명하게 드러났다.

마침내 작업을 끝냈다. 마리아도 다가와 그림을 확인하고, 우리는 함께 웃었다.

집에 돌아와 그림을 다듬었다. 종종 머릿속 이미지가 종이 위의 이미지보다 더 또렷할 때가 있었다. 나는 다시 그리고, 또 다시 그렸다. 이것저것 바꿔 보고 다시 지우는 사이 종이는 회색이 되었다. 그림이 더 나아지지는 않았지만, 서서히 그녀가, 마치 금방 일어날 것처럼, 더 힘있게 거기 자리를 잡았다.

그리고 오늘, 이미 말했듯이, 어떤 일이 일어났다. 수정을 하려는 나의 노력과 그것을 견뎌낸 종이가, 마침내 마리아의 몸이 지닌 탄력을 닮아 가기 시작한 것이다. 그림의 표면—이미지가 아니라 그 피부—을 통해 무용수를 보며 머리털이 쭈뼛 서는 경험을 하는 순간들이 있음을 생각하게 된다.

우리 같은 드로잉을 하는 사람들은, 관찰된 무언가를 다른 이에게 보여 주기 위해서가 아니라, 보이지 않는 무언가가 계산할 수 없는 목적지에 이를 때까지 그것과 동행하기 위해 그림을 그린다.

우리는 우리가 영원하다는 것을 느끼고 경험한다. 왜냐하면 정신은 그 것이 기억 속에 지니고 있는 것들 못지않게 그것이 지성 속에서 인식 하는 것들을 느끼기 때문이다. 왜냐하면 정신이 실재들을 보고 관찰 하는 정신의 눈은 증명 자체이기 때문이다. 따라서 비록 우리가 신체 이전에 우리가 실존했는지에 대해 기억하지 못한다 해도, 우리는, 우 리의 정신이 신체의 본질을 영원의 관점에서 함축하는 한에서 영원하 며, 우리 정신의 실존은 시간으로 정의될 수 없다는 점, 또는 지속으 로 설명될 수 없다는 점을 느낀다.

―스피노자, 『윤리학』 5부, 정리 23의 주석

런던 대학교에서 철학을 가르치는 데보라는 스피노자의 추종자다. 초
상화를 그리게 자세를 취해 줄 수 있냐고 부탁했다. 제 초상화는 그려
본 적 없는데요! 그녀는 대답했다. 그러더니 이야기를 시작하고, 질문
하고, 궁금해 했고, 나는 그녀를 그렸다.

정신이 명석판명한 관념들을 갖고 있는 한에서든 혼동된 관념들을 갖고 있는 한에서든, 정신은 무한정한 지속 동안 자신의 존재 속에서 존속하려고 노력하며, 이러한 노력을 의식하고 있다.

—『윤리학』3부, 정리 9

나는 풍문으로만 내가 언제 태어났는지 알고 있으며, 나에게 이런저런 선조가 있었다는 것과, 내가 결코 의심해 본 적 없는 이와 유사한 것들을 알고 있다. 나는 막연한 경험을 통해 내가 언젠가 죽게 되리라는 것을 알고 있다. 왜냐하면 나는 나와 비슷한 다른 이들이, 비록 똑같은 나이만큼 살거나 똑같은 병으로 죽은 것은 아니긴 하지만, 어쨌든 죽는 것을 목격해 온 바에 근거하여 이처럼 단언하기 때문이다. 또한 나는 막연한 경험을 통해 불을 피우는 데는 기름이 적절하며, 불을 끄는 데는 물이 적절하다는 것을 알고 있다. 나는 또한 개는 짖는 동물이며, 사람은 이성적 동물이라는 것도 알고 있다. 내가 생활에 쓸모 있는 거의 모든 것을 알게 된 것은 바로 이런 방식을 통해서였다. 우리는 다음과 같은 방식으로 어떤 것에서 다른 것을 추론한다. 곧 우리가 다른 신체가 아니라 바로 이 신체를 느낀다는 점을 명석하게 지각한 이후에 우리는 이로부터 영혼이 신체와 연합되어 있으며, 이러한 연합이 그 감각의 원인이라는 것을 명석하게 추론해낸다. 하지만 우리는 이것만으로는 이러한 감각과 연합이 어떤 것인지에 대해 절대적으로는 알 수 없다.

—『지성개선론』 20~21절

It began like this.

시작은 이랬다.

시작은 이랬다. 십 년쯤 전, 넬라는 오래된 러시아인 친구와 함께 모스크바에 있었다. 어느 날 고물상을 지났다. 어쩌면 근사한 골동품 가게라고 생각했을 수도 있다. 임금과 연금 체계가 무너지는 바람에, 당시 모스크바 사람들은 집 안에 있는 물건은 뭐든 내다 팔았다. 길모퉁이에서 온 가족이 쓸 식기를 살 수도 있었다. 넬라에게 세계 어느 도시에나 있는 중고품 가게는 사전처럼 거스를 수 없는 곳이었다. 한 쪽 한 쪽 천천히 살펴보았다. 이때 그림 한 점을 발견했다. 유화. 빨간 국화를 그린 작은 정물화였다.

넬라는 그림을 샀다. 서명과 제작년도가 적혀 있었다. 클레베르, 1922년. 그림은 노래 한 곡보다도 쌌다. 훨씬 쌌다.

파리에 돌아온 넬라는 그림을 어디에 걸어야 할지 정하지 못했다. 어디에도 어울리지 않는 것 같았다. 물감이 ―소금 알갱이 크기만큼― 떨어져 나가 그림 여기저기에 하얀 캔버스가 드러나 있었다. 의심이 들때면 넬라는 그 의심이 사라질 때까지 기다렸다. 그러면 대개 의심은 사라졌다. 그림을 검은색 비닐봉지에 담아, 옷이나 책, 그리고 주인들에게 잊힌 알 수 없는 물건들과 함께 창고에 넣어 두었다. 그림을 치우기 전에 넬라는 나에게 보여 주었고, 나는 생각했다. 19세기풍 실내에 놓인 꽃, 아무것도 달라지지 않을 것 같은 그 분위기, 러시아 작품이 분명했다. 국화는 좁은 선반에 놓여 있고, 그 뒤로 광이 나는 빈 화병이 있었다. 화병에 막 꽃을 꽂으려던 참이었을까. 아니면 조금 미리, 꺼내서 버리려던 참이었을까. 어느 쪽이든 일단은 창고에 보관하는 게 나을 것 같았다.

시간이 흘렀다. 어느 해인가, 창고에 물이 찼다. 넬라는 그림을 꺼내 이 방 저 방 구석에 세워 보았다. 물감이 더 떨어져 나가 흰색 캔버스가 많이 드러났다. 이제, 그 훼손이 이미지 자체보다 더 강렬하게 느껴졌다.

내 손으로는 도저히 못 버릴 것 같아요, 넬라가 지난 주에 말했다.

나는 이렇게 대답했다. 내가 한번 손을 볼게요. 제대로 복원은 안 될 겁니다, 너무 오래 됐고 나는 그만한 기술이 없으니까. 그냥 빈 자리에 색이나 메워 볼게요.

그렇게 시작했다. 흰 접시에 물감들을 섞었다. 오랫동안 유화 물감은 쓰지 않았다. 드로잉을 할 때는 잉크나 아크릴 물감을 사용했다. 유화 물감은 그 어떤 물감과도 다르게 섞인다. 접시 위에서 한 점 한 점 찍으며 목재 색깔이 제대로 나올지 살피고, 캔버스에 칠했을 때 그 색이 내가 찾던 '목소리'와 어울릴지를 판단해야 한다.

메워야 할 빈 자리가 수백 군데나 된다. 그림자가 드리운 꽃에는 짙은 선홍색. 선반 아래 나무서랍에는 기타의 갈색. 선반이 붙어 있는 벽에는 조개 회색. 조명을 받은 꽃잎에는, 뭐라 설명할 수 없는 자홍색. 모든 것을 감안할 때 그 방은 작았음을 알 수 있다. 아마도, 1922년에는 많은 사람들이 그런 방에서 살았을 것이다.

흰 여백을 하나하나 메워 가는 동안 나는 시간이 흐르는 것을 잊었다. 시간 감각을 잃으면 정체성에 대한 감각도 희미해진다. 한 점 한 점, 이 색 저 색을 찍는 동안, 나는 아직 내 것이 아닌 한 쌍의 눈으로 본 어떤 체계적인 시각에 다가가고 있었다. 그 눈은 다른 장소에 있었다.

1922년 9월말의 어느 오후, 햇빛이 비치는 작은 방 한쪽 모퉁이에 있는 선반에 버려진 꽃을 나는 보고 있었다. 내전이 끝났지만, 여전히 심각한 기근이 휩쓸고 있던 해였다. 이제 여백은 거의 다 메운 것 같다.

밤에 몇 번이나 그림을 보러, 혹은 그림으로 남은 작은 방의 한쪽 구석을 보러 갔다. 그렇게 내버려 둘 수가 없었다. 선반 위의 꽃이든 그림 자체든 마찬가지였다. 하얀 여백이었던 자리를 아직도 알아볼 수 있었다. 마마자국처럼. 좀 더 나은 상태로, 늦은 9월의 오후, 아직 무서운 겨울 추위가 닥치기 전으로 돌려보내야 한다.

좀 더 자유롭게 그릴 필요가 있었다. 하지만 내 작품 다루듯이 할 수는 없었다. 그건 클레베르의 작품이었다. 내가 상상했던 것보다 훨씬 더, 온전히 그의 작품이었다. 하지만 내가 자유롭지 않으면, 빛은 돌아오지 않을 것이다.

다음날 이른 아침 다시 작업을 시작했다. 캔버스를 무릎 위에 놓고, 접시는 옆에 있는 탁자 위에 두었다. 장화에 밟힌 보도(步道) 위의 국화 한 송이를 애도하는, 아흐마토바의 시가 있다. 복원 중인 그림보다 이십 년 후에 씌어진 시였다. 정물화 속의 진홍색 국화는 아직 다치지 않았다.

나는 자유롭게 그렸다. 캔버스 위에 있는 대상들의 갈망이 영감을 주었다. 작은 방의 한쪽 구석에 비치는 빛이, 칠이 벗겨진 두 면의 벽과 버려진 대여섯 송이의 꽃 위로 떨어지는 그 빛이, 상상할 수 없는 먼 미래에서 온 일종의 약속임을 알게 되었다.

작업은 끝났다. 여기, 1922년 클레베르가 그린 그림이 있다.

어떤 한 순간이, 순간, 되살아났다. 내가 태어나기도 전의 그 순간. 시간을 거슬러 약속을 보내 주는 일이 가능할까.

사람은 그가 어떤 실재의 이미지에 의해 변용되는 동안에는, 그것이 실존하지 않는 경우에도 그것을 현존하는 것으로 바라보게 되며, 그 것의 이미지가 어떤 과거나 미래 시간의 이미지와 결합되―는 한에서만 그 실재를 과거나 미래의 것으로 상상하게 될 것이다. 따라서 그 자체로 고려된 실재의 이미지는, 그것이 현재 시간과 관련되든 아니면 과거나 미래 시간과 관련되든 상관없이 동일하다. 곧 신체의 상태 또는 정서는, 실재의 이미지가 현존하는 실재의 이미지이든 과거나 미래의 실재의 이미지이든 상관없이 동일하다. 그리하여 기쁨의 정서나 슬픔의 정서는, 실재의 이미지가 현존하는 실재의 이미지이든 과거나 미래의 실재의 이미지이든 상관없이 동일하다.

―『윤리학』 3부, 정리 18의 증명

From a Woman's Portrait by Wilhem Drost.

빌렘 드로스트가 그린 여인의 초상 중에서.

키 큰 포플러 나무가 가득한 광장 한쪽에 집이 한 채 서 있다. 프랑스 혁명 직전에 지은 그 집은 광장의 나무들보다 더 오래되었다. 집 안에는 가구와 그림, 자기, 갑옷 등이 전시돼 있어, 한 세기 넘게 일반인들에게 박물관 역할을 하고 있다. 입장은 무료고 입장권도 없어, 누구든 들어갈 수 있다.

일층에 있는 방이나 커다란 나선 계단을 올라가면 있는 이층의 방들은, 모두 유명 수집가가 자신의 집을 국가에 개방하기로 했을 때의 상태 그대로다. 방들을 돌아다니다 보면 지나간 18세기의 무언가가 파우더처럼 가볍게, 관람객의 살갗 위로 내려앉는다. 마치 18세기의 활석 가루처럼.

전시된 그림들 중 많은 작품에서 젊은 여성이나 사냥감을 볼 수 있는데, 둘 다 무언가를 쫓는 열망을 드러내는 대상이다. 방 안의 벽마다 유화들이 빽빽하게 걸려 있다. 건물 외벽은 두꺼워서, 바깥에서 들리는 도시의 소리는 들어오지 않는다.

일층의 한 작은 방, 이전에는 마구간으로 쓰였고 지금은 갑옷이나 구식 총으로 가득한 그 방에서, 말이 코로 거친 숨을 내쉬는 소리를 듣는 상상을 했다. 그러다가 말을 한 마리 고르고 사는 상상도 해 보았다. 그 무엇을 가지는 것과도 다른 기분임에 틀림없을 것이다. 그림을 한 점 가지는 것보다 좋을 것이다. 한 마리 훔치는 상상도 했다. 아마 훔친 말을 소유하는 건 불륜보다 더 복잡한 일이 아닐까. 결코 정답을 알 수 없는 상식적인 질문들. 그러는 사이 나는 전시실에서 전시실로 계속 오갔다.

채색 자기 촛대, 코끼리 등에 초들이 꽂혀 있다. 코끼리는 녹색으로 칠했는데, 자기는 제작과 채색 모두 세브르에 있는 왕립제작소에서 이루어졌고, 원래는 퐁파두르 부인이 구입한 물건이었다. 절대군주란 세상의 모든 것들을 잠재적인 하인으로 만들 수 있는 존재를 의미하고, 섬김을 받으려는 욕구 중 가장 끈질긴 것이 바로 **장식**과 관련된 것이다.

같은 전시실의 반대편 끝에 루이 십오세의 침실 옷장이 있다. 자단(紫檀)*에 상감으로 장식을 했는데, 로코코 양식의 광을 낸 청동 장식이다.

관람객은 대부분 나처럼 외국인이고, 젊은이들보다 나이 든 사람들이 많았는데, 모두 숨을 죽이고 은밀한 무언가를 찾기 바라고 있다. 그런 박물관에선 누구나 호기심 많은 수다쟁이가 된다. 용기가 있다면 모든 서랍을 열어 볼 수도 있고, 또 그래도 된다.

네덜란드 관에 가면 술 취한 농부와 편지를 읽는 여인, 생일잔치, 사창가를 그린 작품들을 볼 수 있다. 렘브란트와 그의 제자가 그린 작품들. 그 제자가 즉시 나의 관심을 끌었다. 그림에 가까이 다가갔다 곧 물러나며 여러 번 살펴보았다.

그 제자의 이름은 빌렘 드로스트다. 아마도 레이던에서 태어났을 것이다. 파리의 루브르박물관에 가면 드로스트가 그린 밧세바 그림이 있는데, 같은 해 렘브란트가 그린 같은 주제의 그림을 떠올리게 한다. 드로스트는 스피노자와 꼭 동년배였을 것이다. 그가 언제 어디서 죽었는지는 알려지지 않았다.

그림 속의 여인은 관객을 보는 것이 아니다. 그녀는 자신이 욕망하는 남자를, 연인이라 생각하고, 뚫어지게 쳐다보고 있다. 그 남자는 드로스트일 수밖에 없다. 우리가 드로스트에 대해 확실히 알 수 있는 것은 그림 속 바로 그 여인에게 욕망의 대상이 되었다는 것뿐이다.

박물관에서는 보통 떠오르지 않는 생각이 떠올랐다. 욕망의 대상이 된다는 것은 ―욕망이 또한 상호적이라면― 그 대상이 되는 이의 두려움을 없애 준다. 아래층 전시실에 있는 그 어떤 갑옷을 입는다고 해도, 그 정도로 완벽하게 보호 받는 느낌은 가질 수 없다. 욕망의 대상이 된다는 것은 아마도, 살아서 경험할 수 있는 느낌 중 불멸의 느낌에 가장 가까운 것일지도 모른다.

그때 누군가의 목소리가 들렸다. 암스테르담이 아니라, 박물관의 커다란 나선 계단에서 들리는 목소리. 고음의 그 목소리는, 선율이 있고 정확하지만 울림이 있는 것이 마치 웃음 속에 금세 파묻혀 버릴 것 같다. 그 목소리에는 웃음이, 마치 창으로 들어와 새틴 천 위에 반짝이는 햇빛처럼, 반짝이고 있다. 가장 놀라운 점은 한 무리의 일반인을 대상으로 말하는 자신감 넘치는 목소리라는 사실이었다. 그 목소리가 멈출 때면 정적이 흐른다. 말을 알아들을 수가 없어서 나의 호기심은 더욱 커졌고, 잠시도 망설이지 않고 다시 나선 계단으로 향했다. 스무 명 남짓한 사람들이 계단을 올라오는 중이었다. 하지만 목소리의 주인공이 누군지는 알 수 없었다. 사람들은 모두 그녀가 다시 입을 열기만 기다리고 있었다.

"계단을 올라가면 왼쪽에 삼단으로 된 장식 테이블을 보실 수 있습니다. 부인용이죠. 가위와 자수가 있어 당시의 작업을 그대로 볼 수 있어요. 저기 저렇게 내놓는 것보다 서랍 안에 두는 게 더 낫다고 생각할 수도 있지만, 잠긴 서랍은 편지를 넣어 두는 용도였습니다. 이 가구는 조제핀 왕비의 것이었죠. 타원형의 작은 파란색 명판이 마치 윙크하는 것처럼 보이죠. 웨지우드 가문에서 만든 것입니다."

처음 그녀를 보았다. 혼자 계단을 올라오는 그녀는 온통 검은색 차림이었다. 굽이 낮은 검은색 신발, 검은색 스타킹, 검은색 스커트, 검은색 카디건, 머리에 두른 검은색 띠까지. 키가 백이십 센티미터쯤 되는 커다란 마리오네트 인형 같았다. 말을 할 때마다 창백한 손이 허공을 휘젓기도 하며 날아다녔다. 나이가 지긋했고, 나는 그녀의 깡마른 몸이 세월을 지나온 결과이겠구나 하는 인상을 받았다. 하지만 해골 같은 느낌은 전혀 없었다. 이 세상에 없는 어떤 존재를 닮았다면, 아마도 님프와 비슷할 것이다. 목에 맨 검은색 리본에 이름표를 달고 있었다. 이름표에는 유명한 박물관 이름이 적혀 있고, 작은 글씨로 그녀의 이름도 적혀 있다. 이름은 아만다였다. 몸집이 작아서 이름표가 어색할 정도로 커 보였는데, 마치 폐업 세일을 하고 있는 상점 쇼윈도의 원피스에 붙은 가격표 같았다.

"저쪽 진열장에 홍옥수와 금으로 만든 담뱃갑이 있네요. 당시에는 남자뿐 아니라 젊은 여성들도 코담배를 피웠죠. 머리를 맑게 하고, 감각들을 더 예민하게 만들어 주었으니까요." 그녀는 양 볼을 살짝 올린 다음 고개를 젖히고 코로 숨을 한 번 들이켰다.

"이 담뱃갑에는 비밀 서랍이 있어서 구아슈로 그린 애인의 작은 초상화를 넣어 둘 수 있었습니다. 우표만 한 크기의 초상화였는데, 초상화 속 여인이 미소를 짓고 있죠. 제 생각에 아마도 이 여인이 애인에게 선물로 준 것 같습니다. 홍옥수는 마노(瑪瑙)의 붉은색 변종인데, 시칠리아 지역에서 채취된 것입니다. 이 색깔이 아마 여인에게 남자를 떠올리게 했겠죠. 대부분의 여자들은, 아시겠지만, 남자를 파란색이나 붉은색으로 보니까요." 그녀는 가냘픈 어깨를 한 번 으쓱해 보이고 말을 이었다. "붉은색 남자들이 더 쉽기는 하죠."

말을 멈춘 그녀는, 관람객을 돌아보지 않고 등을 돌려 걸음을 옮겼다. 작은 몸집임에도 자신을 따르는 관람객들보다 훨씬 빨리 걸었다. 오른손 엄지에 반지를 끼고 있었다. 까만 머리가 가발일 거라고 짐작한 건, 그녀가 염색보다는 가발 쪽을 더 선호할 것임을 확신했기 때문이다.

전시실 사이를 오가는 우리의 걸음이 숲 속을 걷는 것과 비슷해지기 시작했다. 그건 우리 관람객과 그녀 자신, 그리고 설명하는 대상의 위치를 잡는 그녀만의 독특한 방식 때문이었다. 그녀는 자신이 설명하는 작품 주변으로 관람객들이 몰려들지 못하게 했다. 마치 멀리 보이는 두 나무 사이로 지나가다 눈에 띈 사슴을 가리키듯 대상들을 가리켰다. 그리고 어디를 가리키든 항상 슬쩍 옆으로 비켜서는 것이, 마치 옆에 있는 다른 나무 뒤에서 나오는 것 같았다. 조각상 하나가 나타났다. 그늘과 습기 때문에 대리석이 약간 녹색으로 변해 버린 상태였다.

"이 조각상은 사랑을 위로하는 우정을 묘사한 작품입니다." 그녀가 중얼거리듯 말했다. "당시 퐁파두르 부인과 루이 십오세의 관계가 거의 플라토닉한 수준이었거든요. 그렇다고 해서 그녀가 더 이상 화려한 드레스를 입지 않은 건 아니었죠, 그렇잖아요?"

아래층에서, 수작업으로 만든 시계들이 차례대로 네시를 알렸다.

"자, 이동할까요." 그녀가 고개를 빳빳이 들고 말했다. "여기는 숲의 다른 쪽입니다. 모든 것이 싱싱하고, 사람들도 모두 새 옷 차림이죠. 그네를 타고 있는 젊은 여인도 그렇습니다. 우정의 조각상 같은 건 없고, 모두 큐피드상이에요. 봄날에 걸어 놓은 그네입니다. 여인의 슬리퍼 한 쪽은, 보시다시피 벌써 날아가고 없는데요, 일부러 그랬을까요? 여인도 모르는 사이에 그렇게 된 걸까요? 누가 알겠습니까? 새 옷을 꺼내 입은 젊은 여인이 그네에 앉는 순간, 그런 질문엔 대답하기가 어려워지죠, 어느 발도 땅에 닿지 않으니까요. 남편이 뒤에서 밀어 주고 있습니다. 높이 밀었다가, 낮게 밀었다가. 애인은 아마 숲 속 어딘가, 여인이 알려 준 곳에 숨어 있겠죠. 여인의 옷은 ─퐁파두르 부인의 옷보다 덜 장식적이고 더 간소한데, 솔직히 저는 이쪽이 더 마음에 드네요─ 새틴에 주름 장식이 있습니다. 여인이 입고 있는 드레스의 빨간색을 사람들이 뭐라고 불렀는지 아세요? 복숭아색이라고 했습니다. 저는 저런 색깔의 복숭아를 한 번도 본 적이 없지만요. 복숭아가 낮이라도 붉혔다면 모를까. 흰색 면 스타킹은 그 아래 무릎의 살결에 비하면 좀 거칠어 보입니다. 슬리퍼와 색을 맞춘 분홍색 가터는 너무 작아서 다리 위까지 올리면 꽤나 죄였을 것 같네요. 숨어 있는, 여인의 애인을 생각해 보세요. 슬리퍼를 벗어 버린 다리가 높이 올라가면, 스커트와 속치마가 들리고 —새틴과 주름 장식이 바람에 출렁이겠죠—, 당시엔 아무도, 분명히 말씀드리지만 아무도 속옷을 입지 않았습니다! 애인은 눈이 튀어나올 것 같았겠죠. 바로 그녀가 의도했던 대로, 그는 다 볼 수 있었습니다."

갑자기 말이 끊기고, 그녀는 다문 이 뒤로 혀를 움직이며 무슨 소리를 낸다. 마치 주름 장식과 새틴이라는 단어에서 모음을 버리고 자음만 발음하는 것 같다. 그녀는 잠시 눈을 감았다가, 다시 뜨며 말했다. "주름 장식은 일종의 흰색 글씨죠. 살결 위에 걸쳐 있을 때만 읽을 수 있는 글씨."

그 말을 남기고, 그녀는 옆으로 물러났다. 관람 안내도 끝이었다.

관람객 중 누군가 질문을 하거나 고맙다는 인사를 하기도 전에, 그녀는 책이 있는 카운터 뒤 사무실로 사라졌다. 삼십 분 후 다시 나타났을 때는 목에 달고 있던 이름표를 떼고, 검은색 코트를 입은 차림이었다. 내 옆에 서면 팔꿈치 정도밖에, 더 이상은 오지 않을 것 같은 키였다.

그녀는 빠른 걸음으로 박물관의 앞쪽 계단을 내려가 광장의 인파 속으로 들어갔다. 금방이라도 찢어질 것 같은 마크스 앤드 스펜서*의 얇은 비닐가방을 들고서.

이러한 노력(conatus)이 정신에게만 관련될 때에는 의지(voluntas)라 불린다. 하지만 이것이 정신과 신체에 동시에 관련될 때에는 욕구(appetitus)라고 한다. 그러므로 이는 인간의 본질 자체와 다르지 않으며, 이것의 본성으로부터 필연적으로 그의 보존을 증진할 수 있는 것들이 따라 나온다. 그리고 따라서 인간은 이것들을 하도록 규정된다. 그 다음 욕구와 욕망(cupiditas) 사이에는, 일반적으로 욕망이 자신들의 욕구를 의식하는 한에서 인간들과 관련된다는 점을 제외한다면, 아무런 차이도 존재하지 않는다. 그리고 이 때문에 욕망은, 의식과 결합된 욕구라고 정의될 수 있다. 따라서 우리가 어떤 것을 추구할 때, 그것에 대한 의지(意志)가 있을 때, 또는 그것을 열망하거나 욕망할 때, 이는 우리가 그것이 좋다고 판단하기 때문이 아니다. 하지만 반대로, 만약 우리가 어떤 것이 좋다고 판단한다면, 이는 정확히 말해 우리가 그것을 추구하기 때문에, 그것에 대한 의지가 있기 때문에, 또는 그것을 열망하거나 욕망하기 때문이다.

　　—『윤리학』 3부, 정리 9의 주석

마크스 앤드 스펜서 비닐가방 안에 뭐가 들어 있었을까. 콜리플라워 하나, 밑창을 덧댄 신발 한 켤레, 그리고 포장한 선물 일곱 개를 상상해본다. 선물은 모두 한 사람을 위한 것인데 각각의 선물에는 번호가 매겨져 있고, 똑같은 금색 삼끈으로 묶었다. 첫번째에는 소라 껍데기가 들어 있다. 아이들 주먹, 어쩌면 그녀 자신의 주먹만 한 소라 껍데기. 색깔은 은빛 펠트천의 색, 복숭아빛으로 변하기 시작한 색이다. 깨지기 쉬운 나선형 껍질은 그네에 올라탄 여인의 스커트 주름 장식을 닮았고, 매끈하게 광이 나는 속은 햇빛 받을 일 없던 피부처럼 창백하다.

　두번째 선물. 부츠*에서 산 비누, 아르카디아란 상표가 붙어 있다. 향은 정면을 마주하고 있어, 만져 볼 수 있을 뿐 볼 수는 없는 누군가의 등에서 나는 향과 비슷하다.

　세번째 포장에는 초가 하나 들어 있다. 가격표를 보면 8.5유로다. 네번째 포장에는 다른 초가 있다. 그냥 초만 있는 것이 아니라 유리잔에

든 제품인데, 바닥에 모래와 아주 작은 조개껍데기가 깔린 것이, 바닷물로 가득 차 있는 것 같고 심지는 바다 위에 떠 있는 것처럼 보인다. 유리잔에 붙은 꼬리표에는 이런 경고문이 적혀 있다. "초가 켜진 상태에서 자리를 비우지 마시오."

다섯번째 선물은 와인 검즈라는 사탕 상표의 종이 가방이다. 백 년이 넘은 상표인데, 아마 세상에서 가장 싼 사탕일 것이다. 색깔은 다양하고 화려하지만, 맛은 모두 배 맛이다.

여섯번째 선물은 아우구스티노 수녀회가 부른 「보라, 형제자매들이여」가 녹음된 카세트테이프다. 장 티세랑이 작곡한 13세기의 피아노곡이다.

일곱번째 선물은 흑연 막대와 연필이다. 부드러운 것, 보통, 단단한 것. 부드러운 흑연이 남긴 흔적은 숱 많은 머리의 짙은 검은색이고, 단단한 흑연이 남긴 흔적은 이제 막 하얗게 세기 시작한 머리색이다. 흑연에도, 피부와 마찬가지로 특유의 기름이 있다. 타고 남은 석탄재와는 완전히 다른 물질이다. 종이에 그렸을 때 나는 광택은 입술 광택과 비슷하다. 함께 상자에 넣은 종이에 그녀는 흑연 연필로 적었다. "세상의 마지막 시간에, 이것을 기억해야만 한다."

그리고 나는 네덜란드 화가와 사랑에 빠진 여인을 보기 위해 돌아갔다.

인간 정신의 형상적 존재를 구성하는 관념은 신체의 관념이며, 신체는 각자 많은 부분으로 합성된 많은 개체들로 합성되어 있다. 하지만 신체를 합성하는 각각의 개체의 관념은 필연적으로 신 안에 실존한다. 따라서 인간 신체의 관념은 인간 신체를 합성하는 부분들의 관념들인 많은 관념들로 합성되어 있다.

—『윤리학』2부, 정리 15의 증명

그녀 둘레에 담장이 있다. 담장은 완전히 투명하기 때문에 보이지 않는다. 그녀의 움직임을 제한하지도 않는다. 이 담장은, 현존과 그 현존이 되는 과정을 구분해 주는 것일까? 알 수 없다. 이 구분은, 언어가 없는 곳에서 일어나기 때문이다.

보통 우리는 언어를 정면에서 마주하기 때문에, 그것을 읽고, 말하고, 생각할 수 있다. 그러나 이 일은 언어의 측면 어딘가에서 일어나고 있었다. 그 자리에서는 언어를 정면으로 마주하는 것이 불가능하다. 옆에서 보면 언어가 종이처럼 얇다는 것을 알 수 있다. 모든 말들은, 커다란 풍경화 속 하나의 기둥처럼, 하나의 세로획―나(I)―으로 축소된다.

그 담장을 해체하는 것―분해하고 조각조각 들어내는 것―이 일이었다. 그녀도 동의했다. 아니. **능동**과 **수동**이 하나로 합쳐졌다. 이렇게 말해 보자. 그녀는 너무나 쉽게, 그런 일이 자신에게 일어나게 했다. 나는 그녀(우리)의 행동 안에 그녀와 함께 있었다.

우리는 머리에서 시작해 발까지 아래로 내려왔다. 담장에서 자유로워진 후에도, 드러난 그녀 신체 부위의 외양은 달라지지 않는다. 하지만 뭔가 달라지기는 했다. 그것은 어떤 비평도 무력하게 만들고, 인정을 제외한 어떤 반응도 미리 배제한다. 혹은 다른 말로 하면, 드러난 그녀의 신체 부위는, 그 어떤 반응보다 앞서, 인정해 줄 것을 요구한다.

모든 것이 쉽게 이루어졌지만, 일 자체는 고단했다. 적어도 나에게는 그랬다. 담장을 한 부분 한 부분 떼어내는 사이, 나는 침대 위의 내 몸으로 돌아와 잠시 즐거운 휴식을 취했다. 다음 작업까지, 혹은 꿈의 다음 부분까지. 꿈을 꾸는 행위가 담장을 해체하는 일과 동의어라고 할 수 있을까.

그때 모든 대답을 알게 되었다. 말이 없는 곳에서, 앎은 물리적인 행위와 그 행위가 이루어지는 공간을 통해 온다. 각각의 행위를 허용함으로써 공간은 그 행위에 의미를 부여하고, 더 이상의 의미는 필요하지 않다.

매 순간 나는 피곤함을 느끼고, 나는 그녀를 껴안는다.

담장이 얼마나 많은 조각으로 나누어질지 나는 모른다. 그 일을 하는 데 온 밤을 보낸다.

기억나는 한 가지. 담장의 새로운 조각을 떼어낼 때마다 드러나는 그녀의 신체 부위는 이전에 드러났던 부위와 같다. 크기가 같을 필요는 없지만, 그 의미는 같다.

지금 이 글을 쓰며, 이 말들이 암시하는 순서가 지나치게 단순하지 않을까 하는 의심이 든다. 먼저 머리, 그리고 어깨, 그 다음 배, 그 다음 발. 우리는 그런 식으로 진행하지 않았다.

내가 사용한 **해체하다**라는 단어가, 얼른 보기에는 적절하지 않아 보인다는 것을 인식하고 있지만, 도움을 줄 수는 있다. 다른 형태를 안에 숨기고 있는 담장 혹은 거푸집은 보통은 해체하는 것이 아니라 '깨부수'거나 '쪼개'는 것이다. 하지만 그녀 둘레의 이 담장은 한 번에 만들어진 것이 아니기 때문에, 또한 한 번에 열 수도 없다. 그것은 조각조각 떼어내야 하고, 그 조각들이 크기나 영역에 있어, 새로 드러나는 그녀의 신체 부위와 늘 일대일로 대응하는 것도 아니다. 어쩌면 각각의 담장 조각은 그녀의 몸 전체에서 흘러내리는 옷처럼 떨어지는 것 아닐까. 내가 아는 것은 전체 과정이 단계별로 이루어졌고 각각의 단계가 지날 때마다 남아 있는 담장이 줄어들었다는 것뿐이다. 결국, 하나도 남지 않았다.

거기 그녀의 전체가 드러났다. 일을 시작할 때와 똑같은 모습이고, 그때와 똑같은 행동을 할 뿐, 더 이상은 없다. 같은 이름, 같은 습관, 똑같은 과거를 가지고 있다. 하지만 담장에서 자유로워진 후, 그녀와 그녀가 아닌 모든 것 사이의 관계가 바뀌었다. 절대적이지만 보이지는 않는 변화. 이제 그녀는 자신을 둘러싼 것들의 중심이 되었다. 그녀가 아닌 모든 것이 그녀에게 공간을 내어 준다.

카스텔프란코 베네토 대성당, 2002년 9월 16일.

Etching by Käthe Kollwitz.

케테 콜비츠의 동판화.

1950년대 초, 처음 에르하르트 프롬홀트를 만났을 때, 드레스덴 시가지는 이전의 흔적을 알 수 없는 폐허였다. 1945년 2월 13일에 있었던 연합군의 폭격으로 하룻밤에 십만 명의 시민이 죽었는데, 대부분 섭씨 구백 도가 넘는 열기에 타 죽었다. 1950년대에 프롬홀트는 독일 국정예술 전문출판국의 편집자였다.

그는 처음 내 책을 낸 편집자였다. 이탈리아 화가 레나토 구투소에 관한 책이었는데, 영국에서 내 책이 나온 것보다 몇 년 앞선 일이었다. 그 덕분에, 나의 의심과 달리, 내게 한 권의 책을 마칠 수 있는 능력이 있음을 알게 되었다.

에르하르트는 몸이 유연하고, 육상선수나 축구선수 같은 인상을 풍겼다. 후자 쪽이 더 정확하다고 해야 할 것 같은데, 왜냐하면 노동자 계급 출신이었기 때문이다. 놀라운 에너지를 갖고 있었지만, 대단히 집중력 있고 과묵했다. 어떻게 보면 목에 있는 목젖의 움직임과 비슷했다.

그의 마른 몸에서 나오는 에너지나 황폐한 도시가 모두, 당시에는, 역사가 가진 위력의 증거처럼 보였다. 당시에는, 무슨 상표처럼 쓰이는, 대문자로 시작하는 역사가 아니라 그냥 역사였다. **역사**가 의미하는 것 혹은 약속하는 것은, 하지만, 다양한 해석이 가능했다. 자고 있는 개들은 그냥 내버려 두는 것이 나았던 걸까.

에르하르트는 나보다 두 살이 어렸지만, 드레스덴에서 그를 보았을 때는 몇 살 위일 거라고 생각했다. 나보다 경험도 더 많았고, **역사**를 더 많이 살았다. 말하자면 일종의 의형제의 형 같은 느낌이었다. 오늘날,

형제애나 평등 같은 원칙들이 전 세계의 '나쁜 정부'들에 의해 폐기된 시기에, 이런 말이 감상적으로 들리겠지만, 그렇지 않았다.

우리는, 친형제들이 종종 그런 것처럼 친밀한 사이는 아니었다. 우리 사이의 형제애는 어떤 신념이었다. 궁극적으로는 역사에 대한 마르크스주의적인 독서를 통해 얻은 실존적인 신념. 독서 혹은 관점? 관점이라고 하는 게 낫겠다. 왜냐하면 본질적인 것은 시간에 대한 또 하나의 감각, 비교적 긴 시간(세기)과 목전에 닥친 시간(내일 오후 두시 삼십분)을 모두 수용할 수 있는 감각이었기 때문이다.

정치에 관해 자세하게 이야기를 한 적은 거의 없었다. 부분적으로는 서로의 언어를 유창하게 할 수 있는 수준이 아니었기 때문이기도 했지만, 그보다는 우리 둘 다 암묵적으로는 비순응주의자였고, 단순화에 반대했기 때문이었다. 우리 둘 다, 삼촌 격인 베르톨트 브레히트의 말에 열심히 귀를 기울였다.

브레히트의 「K씨 이야기」 중에 소크라테스에 관한 것이 있다. 소피스트 철학자들의 끝날 줄 모르는 거만한 이야기들을 유심히 듣고 있던 소크라테스가 마침내 앞으로 나와 말한다. 내가 아는 것은 내가 아무것도 모른다는 사실뿐입니다! 그 한마디에 귀가 먹을 정도의 박수가 쏟아진다. 거기서 K씨는 의문을 가진다. 혹시 소크라테스가 무슨 말을 덧붙였는데 박수 소리에 묻혀, 이후 이천 년 동안 다음 말을 알 수 없게 되어 버린 것 아닐까.

이 이야기를 들었을 때 에르하르트와 나는 미소를 띠며 서로를 바라보았다. 그러한 공감의 이면에는, 최초의 정치적인 주도권은 비밀결사에 의해 시작되는 것이라는 암묵적인 인식이 자리잡고 있었다. 은밀함을 좋아해서가 아니라, 정치권력에 내재할 수밖에 없는 편집증 때문이었다.

당시 독일민주공화국*의 모든 사람들은 역사를, 역사의 유산과 그 무관심, 모순을 인지하고 있었다. 어떤 이는 그것에 분개했고, 어떤 이는 자신들에게 유리하게 활용하려 했으며, 대부분의 사람들은 그것을 넘기며 살아남는 데만 집중했고, 소수의 사람들, 아주 소수의 사람들만이 밤낮으로 역사를 마주하면서도 품위있게 살려고 노력했다. 에르하르트가 그런 소수의 사람들 중 한 명이었다. 그런 이유로 그는 나에게 본보기이자 영웅이었고, 내가 되고 싶은 어떤 모습에 큰 영향을 미쳤다.

그가 보여 준 본보기는 지적인 것이 아니라 윤리적인 것이었다. 그의 일상적인 행동, 사건이나 사람을 마주하는 그의 정확한 방식을 관찰하고 거기에 반응하려고 노력하는 과정에서 그런 본보기는 주어졌다.

그걸 정의할 수 있을까. 나 스스로 정식화해 본 적은 한 번도 없다. 그건 거의 말이 없는 본보기, 어떤 침묵의 특징 같은 것이었다.

에르하르트는 내게 가짜와 진짜, ─스피노자의 용어를 쓰자면─부적합한 것과 적합한 것을 구분할 수 있는 시금석을 보여 주었다.

시금석은, 하지만, 담론을 통한 논쟁이 아니라 광물의 반응을 통해 결과를 알려 준다. 최초의 시금석은 은이나 금에 반응하는 부싯돌이었다.

이 글을 쓰며, 나는 케테 콜비츠의 1910년 동판화 작품 〈(귀고리를 한) 노동자 계급 여성〉을 생각한다.

에르하르트와 나는 둘 다 콜비츠를 존경했다. **역사**가 무관심했던 반면, 그녀는 염려했다. 그녀의 시선은 좁지 않았고, 덕분에 고통을 나누어 지었다.

에르하르트는 주눅 들지 않고 **역사**를 똑바로 응시했다. 과거의 대혼란과 그 규모를 평가하고, 그에 따라 더 큰 정의와 더 큰 동정심이 있는 미래를 위한 제안들을 했지만, 그런 제안이 이루어지는 과정에 협박과 추궁, 끊임없는 투쟁이 따를 수밖에 없음을 잊지 않았다. 왜냐하면 **역**

사는, 이미 인정이 된 후에도 영원히 반동적이기 때문이다.

1970년대에 에르하르트는 예술전문출판국에서 축출당한다. 당시 국장이었는데, 그가 편집한 몇 권의 책 때문에 형식주의와 부르주아적 퇴폐, 파벌주의를 조장했다는 혐의를 받았던 것이다. 다행스럽게도 감옥에 가지는 않았다. 그저 사회적으로 유용한 일, 즉 공원 소속 정원사의 조수로 일하라는 명령뿐이었다.

콜비츠의 동판화를 다시 바라본다. 귀고리는 작지만 자랑스러운 희망의 표현이다. 귀고리는 얼굴에서 나는 빛, 고귀함과 뗄 수 없는 그 빛에 완전히 가리어지지만, 한편으로 얼굴은 배경의 어둠과 이어진 검은 선으로 표현되고 있다. 아마도 바로 그 때문에 그림 속 인물은 귀고리를 차려고 했을 것이다!

에르하르트가 보여 준 본보기는 작은, 과시하지 않지만 끈질긴 어떤 희망을 주었다. 그것은 견딤을 구체적으로 제시하였다. 수동적이지 않고 능동적인 견딤, **역사**를 마주한 결과로 생겨난 견딤, **역사**의 반동성에도 불구하고 어떤 지속성을 보장하는 견딤.

지나간 무엇과 다가올 무엇에 대한 소속감은 인간과 다른 동물을 구분해 주는 점이다. 하지만 **역사**를 마주한다는 것은 비극을 마주한다는 것이다. 그것이 많은 사람들로 하여금 외면해 버리게 하는 이유이다. 스스로 **역사**에 동참하겠다는 결심은, 설령 그 결심이 절박한 것이라고 할지라도, 희망이다. 희망의 귀고리 하나.

지성을 통해 인식하는 한에서의 정신과 관련된 정서들로부터 따라 나오는 모든 능동적 작용을 나는 마음의 강인함과 연결지으며, 마음의 강인함은 굳건함과 관대함으로 구별한다. 왜냐하면 나는 굳건함을, 각각의 사람이 오직 이성의 명령에 따라 자신의 존재를 보존하고자 하는 노력으로 이해하기 때문이다. 한편 관대함의 경우는, 각각의 사람이 오직 이성의 명령에 따라 우정의 마음으로 다른 모든 사람들을 돕고 그들과 우정으로 결합하고자 하는 노력으로 이해한다. 따라서 나는 오직 행위자 자신의 유용함을 목표로 하는 작용은 굳건함과 연결시키고, 다른 이들의 유용함도 목표로 하는 작용은 관대함과 연결시킨다. 그러므로 절제심, 침착함, 위급 상황에서의 평정심 등은 굳건함의 종류들이다. 하지만 겸손함이나 너그러움은 관대함의 일종이다. 이렇게 해서 나는, 세 개의 일차적인 정서들, 곧 기쁨, 슬픔, 욕망의 합성에서 생겨나는 주요 정서들 및 마음의 동요를, 정서들의 제일원인을 통해 설명하고 보여 주었다. 이러한 정리들로부터 명백해지는 것은, 우리가 외부 원인들에 의해 여러 가지 방식으로 휘둘린다는 점이며, 마치 반대 방향에서 부는 바람들에 파도가 일렁이듯이, 우리는 출구도 모른 채, 운명도 모른 채 동요한다는 점이다.

—『윤리학』3부, 정리 59의 주석

magnolia
목련.

나는 신체(corpus)를, 신이 연장된 실재로 간주되는 한에서, 신의 본
질을 일정하게 규정된 방식으로 표현하는 한 양태로 이해한다.
—『윤리학』2부, 정의 1

magnolias

목련 몇 송이.

2008년 성금요일(聖金曜日)에 나는 런던에 있었다. 아침 일찍 내셔널 갤러리에 가서 안토넬로 다 메시나가 그린 예수의 십자가 처형 장면 그림을 보기로 마음먹었다. 그 장면을 표현한 작품 중에 가장 외롭고, 가장 덜 우화적인 작품이다.

안토넬로의 작품─분명하게 그의 것으로 밝혀진 작품은 사십 점이 되지 않는다─에는 시칠리아 특유의 **현장성**에 대한 감각이 있는데, 그 감각이란 제한이 없어서, 절제나 자기보호 따위를 거부한다. 몇 십 년 전 다닐로 돌치*가 녹음한 팔레르모 근처 해안의 어부들의 말에서 똑같은 감각을 확인할 수 있다.

"밤에 별을 볼 때가 있어요. 장어를 잡으러 나갈 때면 특히 그렇죠. 그럴 때면 머릿속에 이런 생각이 떠오릅니다. '이 세상, 이게 정말 진짜일까?' 저는, 믿을 수가 없어요. 이렇게 고요할 때면 예수를 믿게 되죠. 예수님을 욕되게 하기만 해, 죽여 버릴 테니. 하지만 믿지 못할 때도 있어요. 심지어 하나님도 못 믿어요. '정말 하나님이 있다면, 왜 나한테 휴식과 일자리를 주지 않는 거야?'"

안토넬로가 그린 〈피에타〉─현재는 프라도미술관에 있다─를 보면 죽은 그리스도의 몸을 천사 혼자 무기력하게 받치고 있는데, 천사는 자신의 머리를 그리스도의 머리에 대고 있다. 회화 역사에서 가장 측은한 천사일 것이다.

시칠리아는 열정을 인정하고 환상은 거부하는 섬이다.

트래펄가 광장행 버스를 탔다. 광장에서 내셔널갤러리로 올라가는 계단을 지금까지 몇 번이나 걸었는지, 그리고 입구로 들어가기 전 내려다보이는 분수를 몇 번이나 봤는지 알 수 없다. 트래펄가 광장은, 대도시의 유명한 집합장소들―예를 들면 파리의 바스티유―과 달리, 그 이름에도 불구하고 이상하게 역사에 무심하다. 이곳에선 기억도 희망도 흔적을 남기지 않는다.

1942년 나는 내셔널갤러리에서 개최한 마이라 헤스의 피아노 리사이틀을 듣기 위해 이 계단을 올랐다. 공습 때문에 그림들은 대부분 치운 상태였다. 헤스는 바흐를 연주했다. 공연은 한낮에 있었다. 음악을 듣는 우리 관객들은, 벽에 걸린 몇 점 남지 않은 그림처럼 조용했다. 피아노의 소리와 화음이 죽음의 철조망으로 묶은 꽃다발처럼 느껴졌다. 우리는 생생한 꽃다발만 받고 철조망은 무시했다.

같은 해, 1942년에 런던 사람들은 처음 라디오를 들었다. 나는 여름으로 기억한다. 함락된 레닌그라드에 바친다는 쇼스타코비치의 7번 교향곡이었다. 1941년 쇼스타코비치가 포위된 레닌그라드에서 썼다는 곡, 우리 중 누구에게 그 교향곡은 하나의 예언이었다. 그 곡을 들으며, 우리는 레닌그라드의 저항군이, 스탈린그라드의 저항군에 이어, 러시아 붉은 군대를 도와 독일군을 패배로 이끌 것이라고 스스로에게 말했다. 그리고 실제로 그렇게 되었다.

이상하게도, 음악은 전시에도 파괴할 수 없는 극소수의 몇 가지 중 하나이다.

안토넬로의 십자가 그림은 쉽게 찾을 수 있었다. 전시실 입구의 왼쪽에 눈높이에 맞춰 걸려 있었다. 그림 속 인물들의 머리와 몸통에서 놀라운 점은, 단순히 그 외로움뿐만 아니라, 주변의 공간이 몸에 가하는 압력과, 몸이 압력에 저항하는 방식이다. 그 몸에서 전해지는 거부할 수 없는 물리적 존재감은 바로 이 저항 때문이다. 한참을 본 후에, 나는 그리스도의 모습만 그려 보기로 마음먹었다.

그림 오른쪽, 입구 옆에 의자가 하나 있었다. 모든 전시실에 그런 의자가 있는데, 미술관 직원을 위한 자리다. 관람객들을 살피며, 그림에 너무 가까이 갈 때 경고를 하거나, 질문에 대답해 주는 사람들.

　가난한 학생 시절에 그런 직원은 어떻게 뽑는지 궁금했던 적이 있었다. 나도 지원할 수 있을까? 아니었다. 모두 나이가 지긋한 사람들이었다. 여자도 없진 않았지만 남자가 더 많았다. 정년을 앞둔 시 공무원들이 하는 일일까. 자원봉사자들일까. 어쨌든 그들은 마치 자신들의 뒷마당에 대해 알아 가듯, 몇몇 작품들을 알아 갔다. 이런 대화를 엿들은 적이 있다.

　벨라스케스의 작품이 어디 있나요?

　네, 네. 스페인 학파요. 32번 전시실입니다. 곧장 가서, 저 끝에서 오른쪽으로 꺾으면 거기 왼쪽 두번째 전시실입니다.

　벨라스케스의 수사슴 머리 그림을 보고 싶은데요.

　수사슴이요? 사슴 수컷 말이죠?

　네, 머리만 그린 작품이요.

　필리페 사세의 초상화가 두 점 있기는 합니다. 그 중 한 작품에서 황제의 수염이 멋지게 위로 휘었는데, 사슴뿔처럼 보이기도 하죠. 하지만 수사슴 그림은 없습니다. 죄송합니다.

　이상하네요!

　아마 찾으시는 수사슴 그림은 마드리드에 있을 겁니다. 저희 미술관에서는 〈마르다의 집에 들른 그리스도〉를 놓치시면 안 되죠. 마르다가 생선요리에 쓸 소스를 만들고 있는 그림입니다. 마늘을 빻고 있죠.

　프라도에 갔었는데 수사슴 그림은 거기도 없었어요. 이런!

　그리고 〈거울의 비너스〉도 놓치시면 안 됩니다. 뒤에서 본 왼쪽 무릎이 정말 대단하죠.

　직원들은 두세 개의 전시실을 함께 살펴야 하기 때문에 늘 전시실

사이를 돌아다닌다. 십자가 그림 옆 의자는 그때 마침 비어 있었다. 나는 스케치북과 펜, 손수건을 꺼낸 다음 가방을 조심스럽게 의자 위에 올려놓는다.

드로잉을 시작한다. 실수들을 보완하고 또 보완한다. 작은 실수도 있었고, 그렇지 않은 것도 있었다. 핵심은 십자가를 어느 정도 크기로 그릴 것인가 하는 점이다. 그걸 제대로 잡지 못하면, 주변 공간이 아무런 압력도 주지 못하게 되고, 저항도 없을 것이다. 잉크를 쓰고, 검지에 침을 묻혀 가며 그린다. 시작이 나빴다. 다음 장으로 넘겨 새로 시작한다.

같은 실수는 두 번 하지 않는다. 물론 다른 실수를 한다. 그리고, 수정하고, 그린다.

안토넬로는 모두 넉 점의 십자가상을 그렸다. 반면, 그가 가장 많이 그렸던 장면은 '보라 이 사람이도다', 즉 그리스도가 본디오 빌라도에게 풀려나 사람들 앞에서 모욕당하고, 유대 고위성직자들이 큰 소리로 그리스도의 십자가 처형을 요구하는 장면이었다.

그는 그 장면을 모두 여섯 번 그렸다. 모두 그리스도의, 고통이 가득한 얼굴을 가까이에서 그린 초상화다. 그림 속 얼굴이나 그 얼굴을 그린 작품 모두 단호하다. 감상이나 겉치레 따위 없이 사물을 가늠하는, 역시 명쾌한 시칠리아식 전통이다.

의자 위의 가방이 선생님 것입니까?

나는 곁눈질로 살핀다. 무장한 경비원이 가방을 가리키며 나를 노려보고 있다.

네, 제 겁니다만.

선생님 의자가 아닙니다!

압니다. 앉아 있는 사람이 없어서 올려놓았습니다. 치울게요.

가방을 집어 들고, 한 발 왼쪽 그림 앞으로 와서 두 다리 사이에 가방을 내려놓은 다음, 다시 작업 중이던 드로잉을 바라본다.

선생님, 가방을 바닥에 두시면 안 됩니다.

원하면 뒤져 보셔도 됩니다. 지갑이랑 그림도구밖에 없어요.

나는 가방을 열어 보이지만, 그는 등을 돌린다.

가방을 내려놓고 다시 그림을 그린다. 십자가 위의 단단해 보이는 몸은 야위었다. 직접 그려 보기 전에 상상했던 것보다 더 야위었다.

경고했습니다. 가방을 바닥에 두시면 안 됩니다.

그냥 이 그림 베끼려고 온 겁니다. 성금요일이잖아요.

안 됩니다.

나는 계속 그린다.

계속 이러시면 경비 책임자를 부르겠습니다. 경비원이 말한다.

경비원이 볼 수 있게 그림을 들어 보인다.

경비원은 사십대, 몸집이 작고 단단해 보이고, 눈이 작다. 혹은 머리를 앞으로 쭉쭉 내밀며 눈을 가늘게 뜬 것인지도 모른다.

십 분, 내가 말한다. 십 분만 있으면 마칩니다.

지금 책임자를 부르겠습니다, 그가 말한다.

저기요, 내가 대꾸한다. 사람을 부를 거면 미술관 직원을 불러 주세요. 운이 좋으면, 그 사람들이 괜찮다고 설명해 줄 겁니다.

미술관 직원은 이 일과 아무 상관없습니다, 경비원은 퉁명스럽게 말한다. 저희는 독립적으로 일하고, 저희 일은 보안과 관련된 것입니다.

내 똥구멍이나 잘 지키라고! 그 말은 하지 않는다.

경비원은 보초처럼 천천히 주변을 오간다. 나는 계속 그린다. 이제 발을 그리고 있다.

여섯까지 세고 경비 책임자 부르겠습니다, 그가 말한다.

휴대전화를 입에 갖다 댄다.

하나!

나는 손가락에 침을 묻혀 회색을 만든다.

둘!

손가락으로 잉크를 문질러 오른손의 움푹 꺼진 짙은 상처를 표시한다.

셋!

다른 손.

넷! 경비원이 내 쪽으로 성큼성큼 다가온다.

다섯! 가방을 어깨에 메십시오!

나는 스케치북의 크기 때문에 가방을 멘 상태로는 그림을 그릴 수 없다고 설명한다.

가방을 어깨에 메세요!

경비원이 가방을 집어 내 눈 앞에 들어 보인다.

나는 펜 뚜껑을 닫고, 가방을 받아 든 다음 큰 소리로 욕을 한다.

이런 씨팔!

그가 눈을 크게 뜨고 미소를 띤 채 고개를 가로젓는다.

공공장소에서 비속어를 쓰셨습니다, 경비원이 또박또박 말한다. 그뿐입니다. 경비 책임자가 곧 도착할 겁니다.

이제 긴장을 푼 경비원은 천천히 전시실을 돌아다닌다.

나는 가방을 바닥에 내려놓고, 펜을 꺼내 다시 드로잉을 살핀다. 하늘의 경계를 만들어 줄 땅이 있어야 한다. 손을 몇 번 움직여 땅을 표시한다.

Annunella de Musso, Venerdi Santo '06, linuo, National Gallery

안토넬로 다 메시나, 2009년 성금요일, 린던, 내셔널갤러리.

전시실에 도착한 경비 책임자는, 손을 허리춤에 댄 채 내 조금 뒤쪽에 서서 또박또박 말한다. 저희와 함께 미술관에서 나가 주셔야겠습니다. 업무 중인 저희 직원에게 모욕을 주셨고, 공공장소에서 비속어를 쓰셨습니다. 곧장 정문으로 향해 주시기 바랍니다. 제가 안내해 드리겠습니다.

경비원들이 나를 광장으로 이어지는 계단까지 데리고 나온다. 거기서 나를 놓아준 경비원들은, 힘찬 걸음으로 다시 계단을 올라간다. 임무 완수.

실로 많은 오류들은, 오직 우리가 이름을 실재에 올바르게 적용하지 못하는 데서 생겨날 뿐이다. 왜냐하면 누군가가 원의 중심에서 원주까지 그어진 선들이 서로 길이가 다르다고 말한다면, 적어도 그렇게 말하는 그 순간에는, 그는 수학자들이 말하는 원과 다른 어떤 것을 뜻하고 있기 때문이다. 마찬가지로 사람들이 계산에서 실수를 범할 때, 그들은 종이 위에 쓰인 숫자와 다른 숫자를 마음에 두고 있는 것이다. 따라서 그들의 정신 속만을 살펴본다면, 그들은 확실히 실수를 범한 게 아니다. 하지만 그들이 실수를 범한 것처럼 보이는 것은, 그들이 종이 위에 쓰인 숫자와 같은 숫자를 그들의 마음속에 품고 있다고 우리가 생각하기 때문이다. 만약 그런 것이 아니라면, 그들이 실수를 범했다고 믿지 말아야 한다. 나는 언젠가 자기 집 뜰이 이웃집 닭 안으로 날아들었다고 고함을 치는 사람의 소리를 들은 적이 있는데, 이 사람도 마찬가지로 실수를 범한 것은 아니다. 왜냐하면 그 사실에 관하여 그의 정신 상태가 어떠했는지는 아주 명백해 보였기 때문이다.

—『윤리학』 2부, 정리 47의 주석

— Perhaps —
— Sphinx de Garen e . — *
More probably
Sphinx de Tilleul

pink red tail .   ← | this is defensive position. **

actual size

— pale green .
(primrose leaf)

actual size **

←suction feet .

is yet black ~~is black~~ ..   between "The 10." "vertebrae" the body
tail. comes from last vertebra   Each vertebra has its 2 feet
~~head~~

head **

foot → : leg . 3 "forelegs"
7 "hind legs".

* — 멋쟁이 박각시나방 유충으로 보임.—
   회색 박각시나방 유충일 가능성이 더 큼.

** 실물 크기.
   분홍빛 '꼬리'.
   창백한 녹색(앵초잎의 색).
   이것은 방어 자세임.

** 실물 크기.
   빨판이 있는 발.
   열 개의 '척추골' 사이 몸통은
   ~~검은색,~~ 아직은 검은색.
   각각의 척추골에 두 개의 다리가 있고,
   마지막 척추골에서 꼬리가 이어짐.

** 머리.
   발.
   다리. '앞다리' 세 개, '뒷다리' 일곱 개.

오늘 아침 그린 자전거는 육십 년도 더 된 것이다.

파리 남동부 교외지역에 사는 루카의 자전거다. 날씨가 좋은 날, 차고에서 차를 꺼내고 싶지 않을 때면, 그는 자전거를 타고 나선다. 집 밑에 있는 —내려가는 계단에 등이 있다— 차고는 그 폭이 집의 딱 절반이다. 그가 직접 지은 사람에게 사서 오십 년째 살고 있는 집이다.

자전거를 타고 루카는 친구를 만나러 가고, 페탕크*나 카드놀이를 하러 가고, 다리 위로 가서 아래의 도로를 내려다본다. 그는 쾌활하고, 덥수룩하게 기른 수염은 아래쪽이 머리와 마찬가지로 하얗게 세었다. 농담을 자주 하는데, 짓궂은 그 유머에서 이탈리아인임을 알 수 있다.

덥네요, 내가 말한다. 시립 수영장에 갈 건데, 같이 가실래요? 그는 고개를 가로저으며 대답한다. 수영장 알죠! 물만 많고 고기는 별로 없는 데 아닙니까!

루카가 미소를 지을 때면, 수염 아래쪽의 하얀 부분을 이로 착각할 수도 있다. 눈은 지긋하다. 그가 무언가를 유심히 관찰하는 모습을 관찰할 수 있다. 주의 깊은 눈만큼 손재주가 좋다. 거의 모든 일상용품을 고치거나 수리할 수 있는데, 자신의 물건은 물론, 다 자란 자식들이나 부탁을 하는 이웃들의 물건까지 모두 봐준다.

매일 저녁 루카는 달력에 그날 관찰한 것들을 적는다. 이십오 년 전 퇴직을 한 후 생긴 습관이다. 날씨가 유별났을 때도 기록하고, 뒷마당에 무슨 일을 벌일 계획을 세웠던 날, 그날 고친 물건, 그날 했던 유지보수, 오래된 친구의 죽음, 길거리에서 이웃과 나눴던 잡담. 그리고 무엇보다도, 매일 지나다니는 주택가의 작은 집들에 생긴 변화 중 잘된 것과 잘못된 것을 관찰했다가 달력에 적는다. 유난히 잘됐다고 생각하는 변화가 있으면, 자신의 이니셜도 함께 적는다. 잘못된 변화에 대해서만 쓰는 폭력적인 형용사도 몇 개 있다.('성의없음'이란 단어는 그에게, 어리석은 소동에 불과한 삶을 떠올리게 한다) 그날 한 식사를 적을 때도 있고, 이따금은 신문을 오려 붙이기도 한다. 보통은 멀리 떨어진 어떤 지역의 풍경 사진이다.

삼십 년 동안 루카는 에어프랑스사에서 항공기 성능제어기사로 일했다.

마당에서 그는, 토마토와 양상추, 로케트*, 애스터 등을 재배한다. 애스터라는 이름은 그리스어로 '별'이란 뜻이죠, 그가 알려 준다.

자전거는 그가 열다섯 살 때 어머니가 사 준 것이었다. 부모님은 두 분 다 이탈리아 출신이었다. 아버지는 재단사였고, 어머니는 여성복 만드는 일을 했다. 두 분 모두 1920년대 무솔리니가 로마로 진군하고 파시스트가 정권을 장악했을 때, 파리 교외의 같은 지역으로 이주했다.

이차대전 당시 독일군이 파리를 점령했을 때, 그의 아버지는 기르던 개 이름을 '히틀러'라고 지으셨다. 덕분에 개를 데리고 동네 주변이나 사람들로 북적이는 거리를 걸을 때, 소리치곤 하셨다. 따라와, 히틀러! 앉아, 히틀러! 맞을래?

처음 이탈리아에서 왔을 때 아버지는 크루아 드 베르니 근처에서 삼십 평방미터 크기의 창고를 발견했다. 온 가족이 그 창고에서 지내며 직접 세운 작업장에서 땀 흘려 일했다. 여성복을 만들었는데, 프랑스에서 최초로, 도심의 아파트보다 근교의 작은 집을 구해 살기로 결심한 공장노동자의 아내들을 위한 옷이었다.

아홉 살 때부터, 학교에서 돌아온 루카는 가까운 지하철역 근처에서 신문을 팔았다. 취침 한 시간 전에야 집에 돌아올 수 있었다. 좀 더 나이가 들어서는 습지 주변을 돌아다니며 땅을 팠다. 임시노동자들이 근처의 석고 공장에 팔 황산칼슘을 채취하는 곳이었다. 습지는 지금 그의 집이 있는 자리까지 펼쳐져 있었다.

축축하고 돈도 얼마 안되는 지저분한 일이었죠, 그가 회상한다.

종종 황산칼슘 결정을 보며 엘도라도 꿈을 꿨습니다. 황산칼슘이 우리 뼈와 어느 정도 비슷한 성분이라는 거 아시죠? 몰랐다고요? 보자, 기념품 하나 드릴게요! 그는 차고 구석에 있는 작은 서랍이 달린 캐비닛을 열고 작은 결정 조각을 꺼낸다. 단사정(單斜晶) 프리즘인데요, 그는 그렇게 말하며 나에게 건넨다. 행운을 가져다줄 거예요….

황산칼슘 결정.

그는 열세 살에 이탈리아인들을 대상으로 자동차 정비소를 하던 기술공의 조수 일을 시작했다. 당시 그 지역의 이탈리아인들 중에는 오를리 공항 확장공사 현장에서 일하는 사람이 많았다. 일 년쯤 후, 공항 근처의 포르망 비행기 공장 생산라인의 조립 담당 자리에 시험을 보게 해준 것도 이탈리아인 동료였다. 그는 붙었고, 첫 월급을 받았다.

집에서는 새 일자리에 대해 이야기하지 않았다. 월급을 어머니께 드렸다. 어머니는, 이 많은 돈을 어디서 구했니? 아버지께는 말씀드렸어? 훔친 거구나! 말씀하셨다. 루카는 고개를 가로저었고, 어머니는 끄덕이셨다. 자존심에 상처를 받으실까 봐, 일종의 자식 된 도리로 아버지께는 말하지 않았다. 이제 아버지는 다른 개를 기르고 계셨다. 히틀러는 그새 두 마리나 죽었고, 이번 개는 이름이 '머니'였다. 작업장에서 식사를 마치신 아버지는 이탈리아 빵 조각을 흔들어 보이며 이렇게 말씀하셨다. 앉아서 구걸해야지, 머니! 그렇지! 자, 네 집으로 가, 머니!

다음 주에, 어머니는 아무에게도 알리지 않고, 자전거 한 대를 사 오셨다. 오늘 아침 내가 그린 그 자전거다.

새 자전거를 타고 루카는 공항 주변을 돌았다. 당시에는 프랑스에서 가장 큰 공항이었다. 가끔 자전거를 멈추고는, 사람들과 이야기를 나누고 궁금한 것을 물었다.

에어프랑스사가 생겼을 때, 그는 견습 기술공으로 지원했고, 포르망 공장에서의 경력을 인정받아 채용되었다. 공항 안에 있던 에어프랑스의 자체 기술학교에도 다녔다. 루카는 꼼꼼하고 재능이 있었다. 학교를 마쳤을 때는 일급 통제기술자가 되었다.

나이 든 직원들은 그와 일하는 것을 좋아했다. 그에게 정확함이란, 제약이 아니라 즐거움의 원천이었다. 직원들은 그에게 '토끼'라는 별명을 지어 주었다. 직원들 사이에서, 레이더에 걸린 물체를 뜻하는 은어였다.

루카는 파리 출신의 오디유라는 여인을 만났다. 그는 그녀를 '나의 로잘리'라고 불렀다. 책, 특히 장편소설 읽는 것을 좋아하는 여자였다. 다행이었던 것이, 일 때문에 며칠씩 파리를 떠나 있어야 할 때가 있었기 때문이다. 이런저런 이유로 외국 공항에 발이 묶인 채 수리가 필요한 비행기를 살피러 다른 기술자와 함께 출장을 가야 할 때가 있었다. 앞머리가 햇살처럼 얼굴 위로 흘러내리곤 했죠, 그가 오래된 결혼사진을 보여 주면서 말한다. 첫째 아들이 1959년에 태어났고, 둘째는 팔 년 후에 태어났다.

1970년대 초, 루카는 기술제어기사로 승진했다. 제어기사들은 다섯 명이 한 조가 되어 일했다. 에어프랑스에는 카라벨, 보잉 747, 에어버스, 콩코드 등 항공기가 백여 대나 있었고, 그 사이 승객 운송 세계 일위, 항공 운송 이위의 항공사가 되었다.

제어기사의 일은, 우선 항공기가 처음 들어왔을 때는 물론 수리, 변형, 정비, 개선 후에 제어장치들이 제대로 작동하는지 측정하고 확인하는 것이었다. 모든 회로를 점검했다. 리액터, 발전기, 냉각장치, 보조날개, 방향타, 동체, 산소, 여압장치, 레이더, 무선장치. 비행기가 격납고에 들어왔을 때, 그리고 승무원의 도움을 받아 비행 중에도 작업을 했다. 원칙적으로는 다섯 명이 서로의 일을 봐줄 수 있지만, 각각의 제어기사에게는 맡은 부분이 있었다. 루카는 조종석 패널 담당이었다. 고도계, 자기 편차계, 나침의, 승강계(昇降計), 파일럿의 헤드폰, 기타 등등, 기타 등등.

일은 부담스럽고 복잡했다. 가끔 지구 반대편에 있는 공항에 출장을 가야 할 때도 있었다. 근무시간은 불규칙적이었다. 실수는 용납되지 않았다. 하지만 보수는 좋았고 상대적으로 경쟁도 덜했다. 제어기사와 승무원, 수석 엔지니어 들은 함께 모여 협조하며 서로에게 의존하는 일이 잦았다. 늘 같은 연주를 하지만, 할 때마다 뭔가 새로운 것을 선보이는 악사들 같다고나 할까.

토끼는 자신의 기술을 자랑스러워했다. 머리카락 한 올만큼 정밀한 작업이었지만, 결과는 꽤 큰 영향을 미쳤다. 제어가 끝나면, 한 팀의 소속 기사 다섯 명이 항공가능 확인 서류에 서명을 하고, 비행기는 다음 정비까지 이천오백 시간 이상 비행을 할 수 있다.

토끼의 사인은 이런 모양이다. ᘓᴍ𝘤

그는 지금 살고 있는 집을 샀다. 부모님을 도왔다. 정기적금도 들었다. 예순이 되고 은퇴가 가까워지자, 자신이 보상을 받는 것 같은 느낌이 들었다.

로잘리와 루카는 그가 출장을 다니며 발견한 몇몇 도시로 여행을 떠날 생각이었다. 손주들과 시간을 보내고, 옛 친구들도 만나고, 자신이 구상했던 몇몇 발명품의 시제품을 한두 개 만들어 볼 생각이었다.

하지만 은퇴 후 몇 년이 지나고, 로잘리가 여기저기 아프기 시작했다. 가끔 집을 나서서 자신이 꾸며낸 이야기를 따라 헤매다가, 돌아오는 길을 찾지 못했다. 결국 알츠하이머병이라는 진단을 받았다.

루카는 직접 아내를 보살폈지만, 로잘리는 서서히 기능들을 하나씩 잃어 갔고 마침내 병원에 입원했다. 루카는 매일 찾아가, 숟가락으로 저녁식사를 먹여 주었다. 가끔 아내가 그를 알아보지 못할 때도 있었다. 시간은 흐르고, 그녀는 그를 완전히 알아보지 못했다. 그래도, 내가 안 가면, 안 왔다는 건 알지 않을까요? 루카는 그렇게 생각했다.

몇 달 후 병원에서는, 더 이상 로잘리를 돌볼 수 없다고, 사설 요양원을 찾아보라고 했다. 루카는 다른 곳을 알아보았다. 아내를 일인실에 두고 싶었고, 크루아 드 베르니에서 너무 멀지 않은 곳이어야 했다. 그런 곳이 딱 한 군데 있었다. 병상이 모두 스무 개, 식사와 간병 시설까지 해서 한 달에 삼천오백 유로였다.

차로 요양원에 데려다 주자, 아내는 미소를 지었다. 아내가 문 앞에서 미소를 지은 그 방으로 정했다.

그날 밤, 그는 은행 잔고를 계산해 본 다음 달력을 펼쳤다.

아내는 새 요양원에서 잘 지낼 것이다, 달력에 적었다. 삼 년 정도, 정확히는 천구십오 일이다. 그 이후엔, 아무것도 남지 않는다. 그렇게 적고, 사인했다. ♏

운명에 이름을 지어 줄 수 있을까. 운명에 종종 기하학 단위 같은 규칙성이 있기는 하지만, 그걸 표현할 명사는 없다. 드로잉 한 점이 명사를 대신할 수 있을까. 오늘 아침엔 그럴 수 있다고 생각했다. 지금은 확신이 없다. 루카에게 드로잉을 주었고, 다음날 그는 액자에 넣었다.

어떤 이미지가 더 많은 다른 이미지들과 결합될수록, 그 이미지는 더 자주 생생해진다.

왜냐하면 어떤 이미지가 더 많은 다른 이미지들과 결합될수록, 그것을 촉발할 수 있는 더 많은 원인들이 존재하기 때문이다.

—『윤리학』 5부, 정리 13과 그 증명

" Only free men are thoroughly grateful
me to another. "
Ethics. Pt. Ⅳ. Prop. LXXI

"오직 자유로운 인간들만이 진정으로 서로에게 고마움을 느낄 수 있다."
─『윤리학』4부. 정리 71

안톤 체호프의 얼굴을 바라본다. 그가 말했다. "작가의 역할은 상황을
진실하게 묘사하는 것입니다…. 독자가 더 이상 그 상황을 피해 갈 수
없게."

　　이 조언을 오늘, 어떻게 적용할 수 있을까.

　　내겐 답이 없다. 다만 말로 되기 전의 이야기처럼 더듬거리는 예감
만 있다.

많은 사람들이 춤을 추는 곳에 함께 있었던 두 번의 경험을 비교해 보고 싶다. 일 주일 전 산속 계곡에서, 불과 몇 킬로미터밖에 떨어지지 않은 두 곳에서 있었던 일이다.

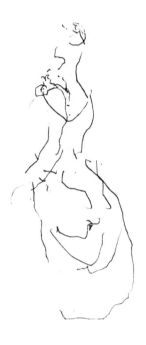

첫번째는 알제리인 신부와 모로코인 신랑의 결혼식 축하연이었다. 유럽인은 우리, 그러니까 신부 어머니의 초대를 받고 온 친구들이 전부였다. 하객은 백오십 명 정도였다. 모두들, 특히 여자들이, 잔치에 어울리는 복장을 하고 왔다. 결혼식에서는 과해도 되니까, 혹은 과함을 필요로 하니까.

　전통적으로 결혼식에서 신랑과 신부는, 아무리 소박하다고 해도, 빛나는 의자에 앉는다. 결혼식 의식은 여자들이 주도해서 진행한다. 십대 소녀부터 할머니까지 모든 연령의 여자들이.

다른 말로 하면, 그런 결혼식을 통해 마그레브 지역* 여성들이 자신들의 영역을 넓히고 능력을 과시하는 것이다. 반면 평소 공공 영역에서 권위를 가지고 행사하는 건 남성들의 특권이다.

결혼식에서는 여왕들(프랑스 경제에서 밑바닥 일을 담당하는 노동자들이다)이 궁전을 차지한다.

저녁 식사—술은 없이—는 풍성하고 끝이 날 줄 모른다. 식탁 의자에는 모두 하얀 천을 씌웠는데, 주름 장식이 있어 신부 들러리처럼 보인다. 신부와 신랑은 단상 위 빛나는 의자에 앉는다.(저녁 시간 동안 신부는 옷을 모두 네 번이나 갈아입는다) 음악도 있다. 가끔씩 음악이 너무 커서 대화를 방해하기도 하고, 또 가끔은 부드럽게 유혹한다. 춤곡. 대부분은 라크스 발라디**다.

사람들은 끊임없이 춤을 췄다. 여자와 남자가 짝을 이루어 추기도 하지만, 여자 혼자 추는 경우가 더 많았다. 신부와 신랑이 춤을 추기 위해 단상에서 내려오고, 그 순간을 더 많이 나누기 위해 춤추는 사람들도 늘어났다. 십대들, 어머니들, 할머니들, 복장이나 치장은 아무 공통점이 없지만, 모두 똑같은 춤을 췄다. 어깨와 허리를 몹시 흔들며.

또 하나의 행사는 폐교의 운동장에서 열렸다. 거기 사는 남자의 오십세 생일잔치였다. 지역 고등학교의 교사인 남자는 천 씨씨짜리 모토 구치 캘리포니아 3 모터사이클을 가지고 있다. 긴 여름밤이었다. 간이 테이블에 손님들이 가져온 음식이 가득했다. 맥주, 와인. 그가 직접 만든 피쌀라이데도 있었다. 멸치, 단 양파, 검은 올리브를 얹은 보름달 같은 피쌀라이데는 빵칼로 잘라 두었다. 어린 시절 마르세유에서 어머니에게 배운 조리법이었다. 그 어머니도 오늘 운동장에 오셨다. 잠시 후 교사의 아들이 스페인 친구에게 부탁한 파에야도 나온다. 손님들은 대부분 삼십대인데, 그가 가르쳤던 제자들도 있다.

음악은 팔십년대 음악이다. 블루스 브러더스, 유투, 레 리타 미츠코. 손님들 사이의 분위기는 친절하고, 경쟁도 실망도 없다. 그 순간엔 세계를 지배하는 것이 누구인지에 대한 환상도 없고 세상은 크기 때문이다.

음악을 넣고 스피커를 맞추자, 몇몇 사람들이 춤을 추기 시작한다. 대부분은 혼자다. "거울을 봐 / 내 찻잔 속에 / 찻잔 속의 거울을 봐 / 화장을 조금 고치고 / 내 찻잔 속에…."

다른 사람들은 춤을 지켜보거나 이야기를 나눈다. 아스팔트로 된 운동장에 우리들은 서른 명가량 모였다. 1920년대, 이 학교가 처음 생겼을 때 마을의 아이들 수와 같다.

춤은 행복하고, 반복되고, 느긋하고, 힘이 넘치고, 환각에 빠뜨린다. 결혼식에서의 춤에 대해서도 똑같은 형용사들을 쓸 수 있지만, 두 춤의 움직임은 깊이 다르다. 차이가 뭘까.

이렇게 말할 수 있을 것이다. 한쪽은 내향적이고, 다른 쪽은 외향적이라고.

결혼식의 여자들에게, 춤은 자신들 안에 숨겨둔 무언가를 향해 관심을 돌리는 기회가 되고, 남자들은 그렇게 숨어 있는 무언가의 앞에서, 혹은 그 주위에서 춤을 춘다. 내(內, intro)＝안쪽으로, 향(向, vertere)＝돌리다.

생일잔치에 온 손님들에게 음악의 비트와 울림은, 자신들의 활력을 모인 사람들에게 드러내며 과시하고 싶게 만든다. 그들 중 누군가 홀로 춤을 추었다면, 그건 운동장을 향해 혹은 밤을 향해 자신을 드러내는 행동이었을 것이다. 그 과정에서, 그들 각각은 큰마음 먹고 자신들의 다가감을 나타냈던 것이다. 외(外, extro)＝바깥으로, 향(向, vertere)＝돌리다.

두 춤의 차이는 그 둘을 일종의 의식적(儀式的) 형식으로 단순화시켜 보면 더 분명해진다. '내향적' 춤은 라크스 사르키(벨리댄스)가 되고, '외향적' 춤은 스트립댄스가 될 것이다.

둘 다 섹시하고 자극적이지만, 그 전략과 존재론은 정반대다. 숨김과 과시 사이의 차이다. 이 경우에 그것은, 겸손함이나 뻔뻔함과는 아무 상관이 없다. 두 춤 모두 겸손하지 않다. 숨은 것과 드러나는 것, 보이지 않는 것과 보이는 것, 갇힌 것과 자유로운 것 중 어느 쪽에 우선권을 두느냐 하는 문제다.

벨리댄스에서 보이지 않는 것은, 그 본성상, 숨어 있다. 몸 **안에** 존재하는 무엇이기 때문이다. 무용수들은, 벨리댄스를 추는 최고의 상태는 막 임신했다는 것을 알았을 때라고 말한다. 숨은 것이 신비로움을 감싸는데, 이 신비로움은 미래이고, 이 신비로움이 연속성을 대변한다.

스트립댄스는, 반대로, 드러나는 것을 축복한다. 확실히, 그건 감질나게 한다. 그 춤은 속임수를 가지고 논다. 긴장감을 활용한다. 상업적으로, 혹은 안쓰러운 조작 도구로 이용될 수도 있다. 하지만 결국엔, 잠시나마, 가장하지 않은 모습을 보여 준다. 그 춤은 개인의 벌거벗은 진실을 드러낸다.

전통적인 무도회의 춤, 교향악단의 연주가 있고 엄격한 관습에 따라 진행되는 춤에 비해, 이 두 춤은 모두 자기표현의 방법이며, 새로운 혁신과 협동이 가능하게 한다. 이런 의미에서 이 둘은 모두 격식이 없다.

이제 질문해 보자. 이런 두 가지 방식의 춤이 이야기를 하는 두 가지 방식도 좀 더 분명히 구분할 수 있게 도와줄까? 서사의 두 가지 진행양식도?

Zamosc, East Poland.
자모시치. 폴란드 동부.

이야기의 결과. 안톤 체호프가 우리에게 남긴 질문에 맞서기 위해 이 용어가 유용할 것 같은 예감이 든다. 결과(outcome). 집이나 살던 곳에서 나오는 것, 거리로 나오는 것.

전통적으로 이 용어는, 이야기가 어떻게 끝나는지, 주인공이 결국 어떻게 되는지를 의미한다. 비극적인, 행복한, 혹은 초월적인 결과.

하지만 그것은 청자나 독자, 혹은 관객이 이야기를 떠나, 계속 자신들의 삶을 살아가는 방식을 의미하기도 한다. 이야기가 그 이야기를 따라온 사람들을 어디로 데려 가는가. 그들은 어떤 마음의 상태에 이르는가.

이 질문에 대한 대답은 이야기가 밝히고 드러내는 것, 혹은 거기에 담긴 ─만약 그런 것을 담고 있다면─ 도덕적 명령에 달려 있다. 하지만 나의 예감에 따르면, 좀 더 흥미로운 다른 대답이 있다.

어떤 이야기를 따를 때, 우리는 이야기꾼을, 혹은 좀 더 정확히는, 이야기꾼의 관심이 흘러가는 경로를 따른다. 그 관심이 알아차리는 것과 무시하는 것, 그 관심이 머무는 것, 반복하는 것, 그 관심이 무관하게 여기는 것, 서둘러 다가가는 것, 관심이 맴돌고, 관심이 한데 모으는 것들을 따른다. 그 과정은 춤을 따르는 것과 비슷하지만, 우리의 발과 몸이 아니라, 관찰과 기대, 그리고 지금까지 살아온 삶의 기억으로 따르는 것이다.

이야기 한 편을 통과하며, 우리는 자신의 관심을 분배하는 이야기꾼 특유의 방식, 그리고 처음엔 혼란스러워 보이던 것에서 어떤 의미를 만들어 가는 과정에 익숙해진다. 우리는, 그의 이야기하는 습관들을 익히기 시작한다.

그리고 만약 이야기가 우리에게 감명을 주면, 그 습관들 중 어떤 것, 관심을 두는 방식의 어떤 것이 우리와 함께 남아 우리 자신의 것이 된다. 그러고 나면 우리는 계속 이어지는 삶에서 그 어떤 것을 적용하게 된다. 수없이 많은 이야기가 숨어 있는 삶에.

이런 '유산'이, 내가 이야기의 **결과**라는 말로 전하고 싶은 것이다. 이야기꾼은 모두 자신만의 방식을 가지고 있다. 똑같은 건 하나도 없다.

하지만, 오늘밤 전 세계에서 전해지고 있는 이야기들을 상상하고, 그 **결과**를 생각해 보면, 두 개의 큰 범주가 있을 거라고 나는 믿는다. 숨어 있는 어떤 본질을 강조하는 서사를 지닌 이야기와 드러난 것을 강조하는 서사를 지닌 이야기.

이야기하기의 이 두 범주에 대해 말하려면 세상의 다른 사건들을 살펴볼 필요가 있다.

어딘가에 들렀다가 집으로 돌아오니 부엌 식탁에 손으로 뜬 어린이용 스웨터가 있었다. 앞문은 잠그지 않고 다닌다. 석 달 된 우리 손자에게 주는 선물이 분명했다. 누가 떴는지, 누가 거기 식탁 위에 두었는지 알 수 있는 단서는 없다.

내겐 그 스웨터가, 따뜻함을 함축적으로 보여 준다. 두 종류의 따뜻함. 그렇게 두꺼운 양모를 입었을 때 아이가 느낄 따뜻함.(어젯밤엔 기

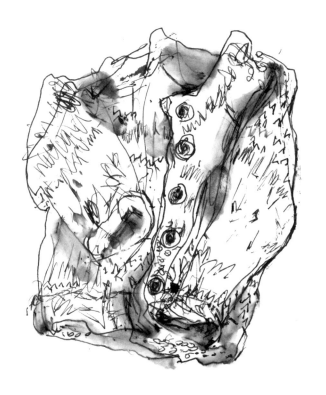

온이 영하 십오 도였다) 그리고 새로 태어난 아이에게 옷을 떠 주는 이웃 간의 전통이 나타내는 감정적인 따뜻함.

다음 날, 그 스웨터가 우리 집에서 삼백 미터 떨어진 곳에 사는 M-T의 선물임을 알리는 이메일이 왔다. M-T 본인도 손주가 있다.

기원전 500년경에 만든 그리스 조각상 중에, 머리를 땋고 팔찌를 차고 왕관을 쓴 채 양모로 뜬 스웨터(대리석으로 조각했다!)를 입고 있는 젊은 여인을 묘사한 작품이 있는데, 뜨개질한 방식이 M-T가 만든 스웨터의 모양과 비슷하다.

M-T를 처음 만난 건 삼십오 년 전, 아직 그녀가 젊은 여인일 때였다. 그녀 아버지의 농장에서 우리 몇몇은 함께 건초를 만들고 있었다. 그 아버지는 콧수염을 길게 기르고 눈이 부리부리했다. 건초 수레는 암말

이 끝었다. 트랙터는 고사하고 어떤 농기계도 없던 시절이었다. 예닐곱 명이 함께 일했는데, 나무 갈퀴로 건초를 떠서 수레에 담은 다음 찌는 듯한 축사로 옮기고 정리했다. 네 수레를 내리고 부엌에 앉아 커피와 사과술을 마신 다음, 마지막 한 수레의 건초를 내렸다.

요즘 M-T는 컴퓨터광이 됐다. 그래서 선물에 대한 설명도 이메일로 보낸 것이다. 그녀는 파일 다운로드나 이메일 보내는 걸 좋아한다. 나는 마을을 가로질러 걸어가 스웨터 선물 고맙다고 인사를 전했다. 시간은 땅거미가 질 무렵이었고, 그녀의 부엌 창으로 빛이 새어 나오는 게 보였다.

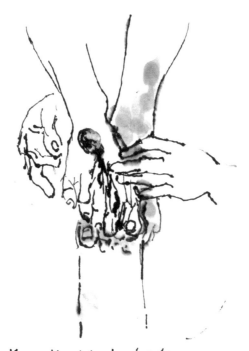

Mary Magdalene's hands
from Crucifixion by Perugino.

막달라 마리아의 손. 페루지노의 십자가상 일부.

잔인해질 수 있는 인간의 능력에는 한계가 없다. **능력**이라는 말은 정확하지 않다. 왜냐하면 그 단어는 능동적인 에너지를 암시하는데, 이 경우에 그런 에너지에는 한계가 없지 않기 때문이다. 또한 잔인함에 대한 인간의 무관심에도 한계가 없다. 그런 무관심에 맞서 싸우는 투쟁에도 한계는 없다.

　모든 폭정은 제도화한 잔인함을 포함한다. 그런 점에서 하나의 폭정을 다른 폭정과 비교하는 것이 의미가 없는 것은, 어떤 지점을 넘어서면 모든 고통은 비교할 수 없기 때문이다.

　폭정은 그 자체로 잔인할 뿐 아니라, 그 잔인함을 예시함으로써 폭정 아래 놓인 사람들 사이에 잔인함을 견디는 능력을, 그리고 거기에 직면했을 때의 무관심을 키운다.

바실리 그로스만은 1950년대 후반에 쓴, 잊을 수 없을 만큼 격정적인 책에서, 삼십 년 동안 강제수용소에서 지낸 후 '갱생'한 남자 이야기를 한다.

그는 에르미타즈궁을 찾았다. 미술관은 별 감흥이 없고 지루했다. 그가 노인이 되어 가는 동안, 강제수용소 출신의 노인이 되어 가는 동안, 어떻게 그림들은 그렇게 아름답게 남아 있을 수가 있단 말인가. 이 그림들은 왜 바뀌지 않은 걸까. 너무 근사한 마돈나의 얼굴은 왜 나이를 먹지 않은 걸까. 왜 그 눈은 그동안 흘린 눈물로 멀어 버리지 않은 걸까. 어쩌면 그 불멸성—영원함—은 강점이 아니라 약점이 아닐까. 어쩌면 그런 식으로 예술은 자신을 낳은 인간들을 배신하는 것일까.
—그로스만, 『모든 것은 흘러간다(Everything Flows)』,
New York Review Books, p.52

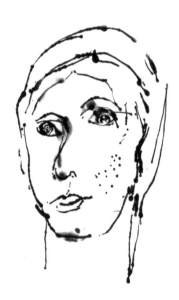

French wooden statue of Madonna. (15ᵗʰ. cent.)
프랑스의 마돈나 목상.(15세기)

오늘날 전 지구적인 폭정에서 두드러지는 점은 얼굴이 없다는 점이다. 총통도, 스탈린도, 코르테스도 없다. 오늘날 폭정의 작동은 대륙마다 다르고, 양식은 해당 지역의 역사에 따라 변형되지만, 전체적인 패턴은 동일하다. 순환하는 패턴.

가난한 자와 상대적으로 부유한 자의 구분은 하나의 심연이다. 전통적인 제약이나 권고는 모두 산산조각 나버렸다. 소비주의는 모든 질문하는 행위를 소비해 버린다. 과거는 쓸모없는 것이 된다. 결과적으로 사람들은 자아를, 자기정체성을 잃어버리고, 스스로를 정의하기 위해 적을 정하고, 찾아내기 시작했다. 적은 ─종교적, 혹은 민족적으로 붙여진 이름이 뭐든─ 항상 가난한 사람들 중에서 나왔다. 바로 그 지점에서 순환적 패턴은 사악한 것이 된다.

이 체계는, 경제적으로는 부를 생산하면서, 가난을 더 많이, 집 없는 가족을 더 많이 만들어내고, 동시에 정치적으로는 새로 생겨나는 가난한 자들의 무리를 배제하여 결과적으로는 제거하는 것을 분명히 하고 또 정당화하는 이데올로기를 조장한다.

이러한 새로운 정치-경제적인 순환이, 오늘날 인간의 상상력을 무력화해 버리는, 잔인함에 대한 능력을 키운다.

"어젯밤 바도다라에 있는 친구에게 전화가 왔다. 친구는 흐느꼈다. 십오 분이 지나서야 왜 그러는지 이야기했다. 그렇게 복잡한 이야기는 아니었다. 친구의 친구, 사예다가 군중에게 잡혔을 뿐이다. 그녀의 배를 가르고 불타는 누더기를 집어넣었을 뿐이다. 죽은 후에, 누군가 이마에 'OM'이라고 새겼을 뿐이다."(OM은 힌두교의 성스러운 표식이다)

아룬다티 로이의 말이다. 2002년 봄 인도의 구자라트 주에서 힌두교 광신자들이 천 여 명의 이슬람교도를 학살한 사건을 묘사한 구절이다.

로이는 한 때 이렇게 고백했다. "우리는, 한때 창이 있었지만, 지금은 비어 버린 벽 가운데 커다란 틈에 글을 쓰고 있는 거예요. 여전히 멀

노비 타르크 근처의 평원, 폴란드.

Field near Nowy Targ, Poland.

쩡한 창을 가지고 있는 사람들은 가끔 이해를 못 하더라고요."

현장에 가서, 지켜보고, 조사하고, 기록하고, 수정하고, 최종 글을 완성한다, 글이 출간되고, 널리 읽힌다 ―어느 정도가 '널리'이고 어느 정도가 '좁게'인지는 절대 알 수 없지만―, 문제 작가가 되고, 협박을 받고, 또한 지지도 받고, 수백만 명의 남자, 여자, 아이들에 대해 쓰고, 누군가를 경멸했다고 욕을 먹고, 계속 써 나가고, 더 거대하지만 피할 수도 있는 비극으로 이어질 힘있는 자들의 다른 계획들을 까발리고, 기록하고, 대륙들을 오가고, 명백한 절망을 목격하고, 쉬지 않고 책을 내고, 반복해서 논쟁의 대상이 되고, 매달 쉬지 않고 싸우고, 그 달들이 모여 몇 해가 된다. 아룬다티 당신을 생각하는 겁니다. 하지만 그 누군가 경고하고 맞서 싸우는 대상은 검증도 반성도 없이 지속된다. 아무런 저항도 없이 지속된다. 마치 묵인된, 깨지지 않는 침묵 속에서처럼 지속된다. 거기에 대해 그 누구라도 단 한 마디도 쓰지 않은 것처럼 지속된다. 그래서 자문한다. 말이 중요한 걸까. 이런 대답이 분명히 돌아왔을 것이다. 여기서 말은, 손이 묶인 죄수를 강물에 던져 넣기 전 주머니에 채워 주는 돌멩이 같은 거라는.

분석해 보자. 깊이있는 정치적 저항은 부재하는 정의에 호소하는 것이고, 미래에는 그 정의가 세워질 거라는 희망과 함께한다. 하지만 이 희망이 저항이 이루어지는 **첫번째** 이유는 아니다. 누군가 저항을 하는 것은 저항을 하지 않으면 너무나 모욕적이고, 너무 왜소해지고, 죽은 것처럼 되기 때문이다. 누군가 저항을 하는 것(바리케이드를 세우고, 팔을 들고, 단식투쟁에 들어가고, 인간 사슬을 만들고, 소리치고, 글을 쓰는 것)은 미래가 무엇을 품고 있든 상관없이, **지금 이 순간을 지키기 위해서다.**

저항은 영(零)으로, 강요된 침묵으로 떨어지기를 거부하는 것이다. 따라서, 저항이 이루어지는 바로 그 순간에, 만약 이루어진다면, 작은 승리가 있다. 그 순간은, 다른 순간들처럼 지나가겠지만, 지울 수 없는 가치를 얻는다. 그 순간은 지나가지만, 이미 출력이 되었다. 저항의 본령은 어떤 대안, 좀 더 공정한 미래를 위한 희생이 아니다. 그것은 현재의 아주 사소한 구원이다. 문제는 이 **사소한**이라는 형용사를 안고 어떻게 시간을, 다시 살아갈 것인가 하는 점이다.

"여기서 문제는요, 정말," 아룬다티가 대답한다. "우리가 민주주의에 무슨 짓을 했는가 하는 거예요. 우리가 민주주의를 뭘로 만들어 버린 걸까요? 민주주의가 다 소진돼 버리면 어떻게 되는 걸까요? 텅 비어서 아무런 의미도 가지지 못하는 게 돼 버리면요? 민주주의의 기관들 하나하나가 위험한 어떤 것으로 오염돼 버리면 어떻게 되는 걸까요? 민주주의와 자유시장이 단 하나의 약탈적인 유기체가 되어 늘 이윤의 극대화라는 생각 주변만 맴도는 가늘고 제한적인 상상력만 남으면 어떻게 되는 걸까요? 이 진행을 되돌리는 게 가능할까요? 이미 변신해 버린 무언가를 이전의 모습으로 되돌릴 수 있을까요?"

사소한이라는 형용사를 안고 어떻게 살아가야 하는 걸까. 이 형용사는 시간적인 것인데. 어쩌면 가능한, 그리고 적절한 반응은 공간적인 것이 아닐까. 현재의 논리를 거부하는 사람들의 마음속에 있는 무엇, 현재에서 구원해낸 그 무엇에 가까이, 더 가까이 다가가는 일. 이야기꾼이 종종 그 일을 할 수 있다.

저항하는 이들의 거부는 그때 이야기 속 여성과 남성, 아이들의 길들여지지 않은 울부짖음, 분노, 웃음, 그리고 그들을 비추는 빛이 된다. 서사는 순간을 지울 수 없는 무엇으로 만드는 또 다른 방식이다. 왜냐하면 이야기가 들릴 때, 선적(線的)인 시간의 흐름은 멈추고 **사소한**이라는 형용사는 의미 없는 것이 돼 버리기 때문이다.

오시프 만델스탐은, 강제수용소에서 죽기 전에 이런 정확한 말을 했다. "단테에게 시간은, 동시에 단 한 번 일어난 것처럼 느껴지는 역사의

Angel by Della Robbia.

델라 로비아의 천사상.

내용이었다. 반대로 역사의 목적은, 시간을 탐색하고 정복하는 일에서
모두가 형제 혹은 동료가 되기 위해 시간들을 한데 모으는 것이다."

도스토옙스키의 소설 『카라마조프가(家)의 형제들』. 건너편 서가를 살펴봤지만 찾을 수 없었다. 혹시 다른 서가에 둔 걸까. 러시아 문학이나 뭐 그런 쪽에.

사서는 컴퓨터로 검색했다. 우리 둘 다 기다렸다. 그 기다림은 친밀하고, 숲 속 나무 사이를 홀로 산책하는 사람처럼, 시립 도서관 안을 거니는 특별한 시간으로 가득했다.

사서가 고개를 들고 말한다. 두 권 소장 중인데, 안타깝게도 모두 대출됐네요. 예약해 드릴까요?

다음에 다시 올게요.

사서가 고개를 끄덕이고는, 한 손에 책 세 권을 들고 있는 다른 할머니—나보다 나이가 적다— 쪽을 돌아본다. 사람들이 책을 드는 방식은 특별해서, 다른 어떤 물건을 들 때와도 다르다. 움직이지 않는 물건이 아니라 마치 잠이 든 어떤 것처럼 든다. 아이들이 장난감을 들 때 같은 방식으로 드는 걸 종종 볼 수 있다.

인구 육만 명 정도의 파리 교외 지역에 있는 공공도서관이다. 그 중 사천 명 정도가 도서관 회원으로 책을 (한 번에 네 권까지) 빌릴 수가 있다. 다른 사람들은 신문이나 잡지, 참고서적을 보러 온다. 교외 지역 어린아이의 수를 고려하면, 지역 주민 열 명 중 한 명은 도서관 회원으로 등록을 해서 종종 책을 빌려 가 집에서 읽는다는 이야기다.

오늘은 누가 『카라마조프가의 형제들』을 읽고 있을지 궁금하다. 그 둘은 서로 아는 사이일까. 아닐 것 같다. 둘 다 그 책을 처음 읽는 걸까.

아니면 둘 중 한 명은 나처럼, 이전에 읽었지만 한 번 더 읽어 보고 싶었던 걸까.

순간 이상한 질문 하나가 떠올랐다. 그 두 독자들 중 한 명과 내가 마주친다면 —일요일에 열리는 장터에서, 지하철역에서 나오다, 횡단보도를 건너다, 빵을 사면서— 우리는 서로 조금은 의아하다고 느낄 어떤 눈짓을 주고받지 않을까. 우리는, 의식하지 못한 채, 서로를 알아볼 수 있지 않을까.

어떤 이야기에 감명을 받거나 울림을 얻으면, 그 이야기는 우리의 본질적인 일부가 되는, 혹은 될 수 있는 무언가를 낳고, 이 일부가, 그게 작은 것이든 광대한 것이든 상관없이, 말하자면 그 이야기의 후예 혹은 후계자가 된다.

내가 정의하고자 하는 것은 단순히 문화적 유산이 아니라 좀 더 특이하고 개인적인 것이다. 마치 누군가 읽은 이야기의 혈류가 그 누군가가 살아온 이야기의 혈류와 만나는 것 같다. 이야기는 지금 우리가 되고 있는, 혹은 앞으로 계속 되어 갈 어떤 모습에 보태진다.

복잡할 것도 갈등도 없는 가족관계 안에서, 우리를 만들어낸 그 이야기들이, 생물학적 조상과는 다른, 우리의 공통 조상이 된다.

파리 교외의 누군가, 아마도 오늘 밤 의자에 앉아 『카라마조프가의 형제들』을 읽을 그 누군가는, 이미, 이런 의미에서, 먼, 먼 사촌일지도 모른다.

이야기에는 두 가지 범주가 있다. 보이지 않는 것과 숨은 것을 다루는 이야기와, 드러난 것을 노출시키고 보여 주는 이야기. 나는 그 둘을 — 나만의 특별하고 물리적인 의미로— 내향적 범주와 외향적 범주라고 부른다. 둘 중 오늘날 세계에서 벌어지고 있는 일을 좀 더 예리하게 다룰 수 있는 범주는 어느 쪽일까? 나는 첫번째라고 믿는다.

첫번째 범주의 이야기는 끝나지 않은 채 남기 때문이다. 그 이야기는 나눔을 포함하고 있기 때문이다. 그 이야기가 몸에 대해 이야기할 때, 그 몸은 개인의 몸인 것만큼 사람들의 몸이기도 하기 때문이다. 그 이야기에서 의문은, 풀어야 할 것이 아니라 함께 안고 가야 할 것이기 때문이다. 그리고 갑작스러운 폭력이나 상실, 혹은 분노가 등장하지만, 그 이야기는 멀리 보기 때문이다. 무엇보다도, 그 이야기 속의 주인공들은 수행하는 사람이 아니라 살아남은 사람들이기 때문이다.

안톤 체호프가 던진 질문으로 돌아가자면, 이것은 어떤 의미를 가지는 걸까? 이야기가 비결을 알려 주지는 않는다. 그 이야기는, 말해지기를 요구하는 이야기들을 관찰하는 일종의 렌즈를 제시한다.

삶 속의 말은, 문학 속의 말과 달리, 끊임없이 방해를 받기 때문에, 하나로 이어진 맥락이란 절대 있을 수 없다. 함께 전달되는 행동들이 만들어내는 합창을 관찰하고 거기에 귀 기울이는 일. 갈등만큼이나 미리 예견할 수 없는 공통된 행동들.

웃음은 반응이 아니라 하나의 보탬이다. 스물네 시간 동안 일어나는 일이 한 세기보다 오래 지속될 수도 있다.

동기를 공유할 때 그것은 말보다 더 분명하다. 침묵도 손을 뻗는 것과 같아질 수 있다.(혹은, 다른 상황에서라면, 물론 잘려 버린 손이 될 수도 있다) 말이 많은 가난한 자들은 침묵에 둘러싸이고, 그런 침묵은 종종 그들을 지켜 준다. 말이 많은 부자들은 대답 없는 질문들에 둘러싸인다.

연속성에도 두 가지 종류가 있다. 기존 제도의 인정받은 연속성과, 비밀결사의 인정받지 못한 연속성.

알려지지 않은 것을 받아들이는 것. 조연 같은 건 없다. 각자가 모두 하늘을 배경으로 어두운 형상을 드러낸다. 모두들 똑같은 키다. 주어진 하나의 이야기 안에서 누군가 자리를 좀 더 차지할 뿐이다.

피 흘리는 손가락으로 글을 쓰는 것. 그렇게 피가 단어에 밑줄을 그어 준다.

각각의 이야기는 모두 어떤 성취에 관한 것이다. 그렇지 않다면 이야기는 없을 것이다. 가난한 자들은 온갖 종류의 계략을 꾸미지만 가장(假裝)하지는 않는다. 부자들은 보통 죽을 때까지 가장만 한다. 그들에게 가장 흔한 가장이 **성공**이다. 유명세라는 공통의 표정을 제외하면, 그들에겐 자신들이 성취했다고 보여 줄 만한 게 전혀 없는 경우가 종종 있다.

가슴을 치는 희망, 한 때 할리우드식 성공담에서 보여 주었던 그런 희망은, 이제 낡은 것, 다른 시대의 것이 되어 버렸다. 오늘날의 희망은 손에서 손으로, 이야기에서 이야기로 은밀하게 전해지는 무엇이다.

Sister Lucia o.s.b
루치아 수녀. 성 베네딕도 수도회.

마지막으로 나는, 앞서 말했듯이 완전성 일반을 실재성으로, 곧 지속과는 전혀 무관하게 파악된 한에서 각각의 실재의 본질로 이해할 것이다. 왜냐하면 어떤 독특한 실재도 좀 더 오랜 시간 동안 실존 속에서 존속했다는 이유로 더 완전하다고 말할 수는 없기 때문이다. 실재들의 지속은 그것들의 본질에 의해 규정될 수 없는데, 왜냐하면 실재들의 본질은 일정하게 규정된 실존의 시간을 함축하지 않기 때문이다. 하지만 모든 것은, 그것이 얼마나 완전한지 여부와 관계없이, 그것이 실존하기 시작했던 때 지니고 있었던 것과 동일한 힘을 가지고 항상 실존 속에서 존속할 수 있을 것이다. 따라서 모든 것은 이 점에서는 동등하다.

—『윤리학』 4부, 서문

Beech trees awaiting leaves.

잎을 기다리는 너도밤나무.

인간 신체가 어떤 외부 물체의 본성을 함축하는 방식으로 변용되는
한, 인간 정신은 그 외부 물체를 현존하는 것으로 바라본다. 따라서 인
간 정신이 어떤 외부 물체를 현존하는 것으로 바라보는 한, 곧 그것에
대해 상상하는 한, 인간 신체는 외부 물체의 본성을 함축하는 방식으
로 변용된다.
—『윤리학』 3부, 정리 12의 증명

마드리드의 프라도미술관은 만남의 장소로 꽤 특별하다. 전시관이 마치 거리 같다. 산 자(관람객들)와 죽은 자(그림 속의 인물들)로 북적대는 거리.

하지만 죽은 자들도 떠나지 않았다. 그 인물들이 그려질 당시의 '현재', 화가들이 만들어낸 현재가 마치 그들이 직접 살았던 그 순간의 현재만큼이나 생생하고, 인적이 느껴진다. 가끔 더 생생한 경우도 있다. 그렇게 그려진 순간을 차지하고 있는 인물들이 저녁의 관람객들과 뒤섞이고, 죽은 자와 산 자가 함께, 전시실을 람블라스 거리로 바꾸어 버린다.

저녁에 나는 벨라스케스가 그린 익살꾼들의 초상화를 보러 간다. 그 초상화들에 비밀이 하나 숨어 있는데, 몇 년째 찾아보려 하고 있지만 지금도 손에 잡히지 않는다. 벨라스케스는, 공주나 왕, 궁정대신, 하녀, 요리사, 외교관 들을 그릴 때와 똑같은 기법으로, 냉소적이지만 비판적이지는 않은 시선으로 이 익살꾼들을 그렸다. 하지만 그와 익살꾼들 사이에 뭔가 다른 것, 공모(共謀)에 가까운 뭔가가 있다. 그리고 말로 드러나지 않는 그들의 조심스러운 공모는, 내 생각엔 외모, 말하자면 사람들이 어떻게 보이는지에 관한 것이다. 익살꾼들이나 벨라스케스 양쪽 다 외모의 하수인이나 노예가 아니다. 대신 그들은 외모를 자유자재로 다루었다. 벨라스케스는 대가-마술사였고 익살꾼들은 어릿광대였다.

벨라스케스가 초상화로 남긴 일곱 명의 어릿광대 가운데, 세 명은 난쟁이였고, 한 명은 사팔뜨기였으며, 두 명은 우스꽝스러운 옷을 입고 있다. 오직 한 명만이 상대적으로 평범해 보이는데, 바로 바야돌리드 출신의 파블로다.

그들의 일은, 왕실이나 귀족 등 통치라는 무거운 짐을 진 사람들이 가끔씩 기분전환을 할 수 있게 해 주는 것이었다. 이를 위해 익살꾼들은 당연히 광대의 자질을 길러 활용했다. 하지만 평범하지 않은 외모 자체가 이미 그들이 제공하는 즐거움에서 중요한 역할을 했다. 스스로의 엽기적인 괴물 같은 모습을 통해, 대조적으로, 자신들을 지켜보는 이들의 세련됨과 고귀함을 드러내 보여 주었던 것이다. 그들의 결점이 주인들의 우아함과 높은 지위를 확인해 주었다. 주인과 주인의 아이들은 자연의 걸작이었고, 그들은 자연의 우스꽝스러운 실수였다.

익살꾼 본인들도 이 점을 잘 인식하고 있었다. 그들은 자연의 농담이었고, 웃음을 물려받았다. 이미 농담이었던 그들은 자신들이 불러온 웃음을 다시 농담으로 받아칠 수 있었고, 그럼 그 웃음은 재미있는 것이 된다. 모든 천재적인 서커스 광대는 바로 이 시소놀이를 이용한다.

스페인 익살꾼들이 사석에서 하는 농담 중에, '사람의 외모는 그저 지나가는 것일 뿐이다'라는 말이 있다. 환상이라는 게 아니라, 덧없는 것이라는 뜻, 걸작과 실수 양쪽 모두 그렇다!(덧없음 또한 농담이다. 위대한 희극작품들의 결말을 한번 생각해 보라)

내가 가장 좋아하는 익살꾼은 후안 칼라바사스. 일명 '호박' 후안이다. 난쟁이들 중 한 명이 아니라, 사팔뜨기다. 그를 그린 초상화는 두 점이 있다. 그 중 한 작품에서 후안은 서 있다. 한쪽 팔을 뻗어, 마치 놀리듯이, 아주 작은 초상화가 든 목걸이 메달을 들고 있고, 다른 손에는 알 수 없는 물체를 쥐고 있는데, 미술관 해설자도 그게 정확히 무엇인지는 모른다. 어떤 분쇄기의 부품이라고 여겨지는데, 아마도 ('나사가 풀린'과 같은 표현에서 알 수 있듯이) 자신의 바보 같은 성격을 암시하는 물건일 것이다. 물론, 호박이라는 별명도 그런 뜻이다. 이 작품에서 마술사 같은 대가이자 초상화 화가였던 벨라스케스는 호박 후안의 농담, '외모가 얼마나 오랫동안 유지될 것 같아?'라는 농담에 공모하고 있다.

두번째 초상화, 좀 더 후기에 그린 작품에서, 호박 후안은 바닥에 웅크리고 있다. 덕분에 난쟁이만 해진 그는 웃으며 뭐라고 말을 하는데, 손이 더 많은 것을 말해 준다. 나는 그의 눈을 들여다본다.

그의 눈은 뜻밖에도 고요하다. 온 얼굴이 웃음—그의 웃음 혹은 그가 불러일으킨 웃음—으로 깜빡이는데, 눈에는 아무런 깜빡임이 없다. 그 눈은 아무런 감정도 없이 고요하다. 그가 사팔뜨기여서 그런 것이 아니다. 다른 익살꾼들의 시선도 비슷하다는 것을, 나는 갑자기 깨닫는다. 그들의 눈에 떠오른 다양한 표정들은 모두 비슷한 고요함을 담고 있다. 나머지 것들이 얼마나 지속되든 개의치 않는 고요함.

From Géricault

제리코의 작품에서.

이 고요함은 깊은 고독을 암시하는 것일 수도 있다. 하지만 익살꾼들에게는 아니다. 미친 사람이 고정된 시선을 가지는 경우가 있다. 시간 속에 길을 잃어버렸기 때문에, 기준점을 알아볼 수 없기 때문이다. 파리의 라 살페트리에 병원에 입원한 미친 여인을 (1819년 혹은 1820년에) 그린 제리코의 절절한 초상화는, 이 초췌한 부재의 시선을 보여 준다. 지속이라는 개념에서 완전히 벗어나 버린 사람의 시선.

벨라스케스가 그린 익살꾼들은, 라 살페트리에 병원의 여인만큼이나 명예와 지위를 갖춘 인물들의 평범한 초상화와 거리가 멀다. 하지만 이 둘이 다른 것은, 익살꾼들은 길을 잃어버린 것도 아니고, 벗어나 있지도 않기 때문이다. 그들은 그저 자신들이 ―한바탕 웃음 후에― 덧없는 것을 넘어섰음을 알게 됐을 뿐이다.

호박 후안의 고요한 눈은 삶의 행렬을 바라보고, 영원의 작은 틈 사이로 우리를 바라본다. 이것이 람블라스 거리에서의 만남이 내게 암시해 준 비밀이다.

Juan the Pumpkin

호박 후안.

이성의 본성에는 어떤 영원의 관점에서 실재들을 지각하는 일이 속한다.

이성의 본성에는 실재들을 우연적인 것이 아니라 필연적인 것으로 바라보는 일이 속한다. 이성은 이러한 실재의 필연성을 참되게 지각한다. 곧 그것을 있는 그대로 지각한다. 하지만 이러한 실재들의 필연성은 신의 영원한 본질의 필연성 자체이다. 따라서 이성의 본성에는 실재들을 이러한 영원의 관점에서 바라보는 일이 속한다. 여기에 대하여 이성의 기초는, 모든 실재들에게 공통적인 것을 설명하지만 어떤 독특한 실재의 본질도 설명하지 않는 통념들, 따라서 시간과 무관하게 어떤 영원의 관점에서 인식되어야 하는 통념들로 이루어져 있다는 점을 덧붙여 둔다.

—『윤리학』 2부, 정리 44의 따름정리 2와 그 증명

길가에 죽은 오소리 한 마리. 이브가 눈 속에 꽁꽁 얼어 있는 시체를 발견했다. 아무럼, 녀석은 암컷이다.

여기서, 신체의 부분들이 (이전과는) 다른 운동과 정지의 비율을 갖도록 배치될 때, 나는 그 신체를 죽은 것으로 이해한다는 점에 주목해야한다.
—『윤리학』4부, 정리 39의 주석

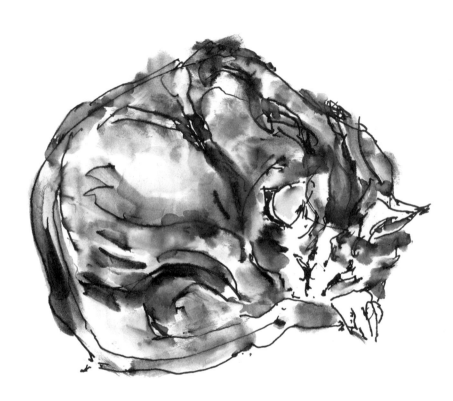

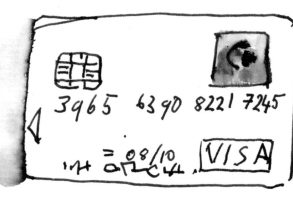

3965 6390 8221 7245

08/10

VISA

할인 슈퍼마켓에 와 있다. 유럽에서 가장 큰 식품연쇄소매점의 지점이다. 지점 수가 팔천 개가 넘는다. 다른 슈퍼마켓의 절반 가격에 물건들—예를 들면 사과 주스 한 상자—을 살 수 있다. 슈퍼마켓은 도시 외곽 자동차 전용도로가 시작되는 곳에 있다.

슈퍼마켓 여기저기에 육십여 명 정도의 직원이 있고, 비슷한 숫자의 감시 카메라가 있다. 어떤 물건도 제대로 진열되어 있지 않다. 한쪽 면이 뜯어진 상자에 담겨 있다. 손님들 대부분은 정기적으로 찾는 사람들이라, 어디에 무엇이 있는지 안다.

손님들 중에는 자신들에게 필요한 물건을 사는 가난한 노인들도 있고, 아이들이나, 파트너(파트너가 있는 경우), 본인 혹은 부양가족을 위해 물건을 사는 젊은 여자들이 많다. 모두들, 각자 형편에 맞춰 물건을 최대한 많이 사는데, 일 주일에 한 번 —혹은 기껏해야 두 번— 이상 이곳에 오고 싶지 않기 때문이다. 계산대 앞에 길게 늘어선 수레에는 물건들이 가득 담겨 있고, 언제나 똑같은 음식들—예를 들면, 마카로니, 멕시칸 토르티야, 소고기 아시 파르망티에* 등—이 몇 개씩 들어 있다. 일부의 노인들만 현금으로 계산하고, 나머지는 대부분 신용카드를 사용한다. 월말이 가까워졌기 때문에 다들 신중하다.

가끔씩, 따라온 아이들을 제외하면 아무도 말이 없다. 우리 모두 — 손님과 직원 들— 용의자이고, 우리의 움직임은 하나하나 관찰당한다. 모두 물건을 집어 들고, 수레를 밀고, 물건을 살피고, 코드를 입력하고, 조절하고, 야채 무게를 달고, 일정을 생각하고, 계산한다. 그 모든 과정이 이루어지는 거대한 창고는, **절도(竊盜)**라는 개념에 사로잡혀 있다.

길거리 시장의 정반대다. 그곳에서 핵심은 흥정이다. 길거리 시장에서는, 모두가 최선의 거래를 하고 있다는 믿음을 주기 위해 노력한다. 창고형 슈퍼마켓에서는, 우리 모두가 잠재적인 도둑놈으로 여겨진다.

자유공간은 거의 없고 ―물건 더미가 대부분의 공간을 차지하고 있다― 계산대 앞에 늘어선 수레의 줄도 빽빽하다. 내 앞에 수레를 쥐고 있는 사람은 임신부이다. 키가 크고 밝은 색 머리를 길게 늘어뜨렸다. 폴란드 출신으로 보이고, 곧 태어날 배 속의 아이는 첫째가 아닐 것 같다. 수레에 담은 물건들을 계산대에 내려놓을 때 그녀는 인상을 찌푸린다. 우리가 있는 이 창고형 할인 슈퍼마켓을 사로잡고 있는 ―다른 생각은 거의 모두 배제해 버리는―, 이 절도에는 어떤 것들이 있을까.

쇼핑하는 손님들의 도둑질. 종종 회사에서는 '수상한 손님'을 상점에 들여보낸다. 이들의 임무는 몇몇 물건을 몰래 가지고 나오는 일, 즉 계산원들이 얼마나 잘 감시하고 있는지를 확인하는 일이다. 직원들의 도둑질. 직원들이 필요한 물건들을 사야 할 때면 계산서에 관리자의 서명을 받아야 하고, 아무 때나 몸수색을 당할 수 있다. 회사에 의한 체계적인 도둑질은 직원들의 초과근무 시간에 대해 임금을 지급하지 않는 것이다. 계산원들은 적어도 일 주일에 두 시간 이상 임금을 받지 않고 일을 해야 한다. 가끔 더 해야 할 때도 있다. 많은 직원들이 ―관리자급부터 그 아래로― 근무시간이 아닐 때도, 필요한 경우에는 밤낮으로 긴급 상황에 불려 나와야 한다. 병가는 허용되지 않는다. 법적으로 보장된 교대 시간 사이의 휴식도 없고, 역시 보장된 주중 휴무도 없다. 직원들의 권리에 대한 도둑질. 마지막으로 농산물업계, 전 지구적인 식품 유통업계와 연결된 그 회사의 도둑질. 한때는 땅에서 일하는 사람들이 쥐고 있던 주도권, 어떤 작물을 재배할지, 변종과 종자, 비료, 기를 가축들 등에 대한 결정권을 뺏어 간 것. 한때 이런 것은 지역 내에서 현실에 맞춰 이루어진 결정이었다. 오늘날은 거대 기업이 생산자를 공급하고, 생산될 게 무엇인지 지시한다. 전 지구적인 농업이 미리 계획되고 있는데, 목적은 자연 전체를 상품으로 바꾸는 것이다.

폴란드 출신일 거라고 짐작한 임신부가 줄 맨 앞에 있다. 계산원들에게 주어진 분당 목표 계산량은 서른다섯 개다! 아무도 그 목표를 달성할 수 없다. 결과적으로 모두들 근무 평가에서 감점을 당한다. 계산할 준비를 마친 임신부가 신용카드를 긁는다.

고개를 든 임신부가 내 뒤에 줄을 선 누군가를 알아본 모양이다. 어쩌면 둘이 같이 온 것일 수도 있고, 같은 시각에 이곳에서 장을 보기로 약속을 했던 것일 수도 있다.

이상하게 조심스러워진 나는 고개를 돌려 그 누군가를 확인하지 않는다. 짐작에 남자는 아닐 것 같다. 아마 여자일 것 같은 생각이 든다. 폴란드 여성이 고개를 들고 머리를 흔들며 미소를 짓는 모습을 보고, 그렇게 결론을 내린다.

여자는 계속 미소짓는다.

그녀의 미소는 순수한 행복의 표현으로, 빛을 내면서 동시에 빨아들인다. 갑작스런 행복이 모두 그렇듯, 그 미소도 예측할 수 없다.

그녀의 미소는, 한순간 다시 현실이 되어 버린, 잊어버린 약속들을 담고 있다.

내가 그녀의 미소가 담고 있는 약속에 대해, 혹은 도둑질로 가득한 창고에 대해 과장하고 있는 걸까? 아니다. 둘 다 존재한다. 같은 장소, 같은 시간에 존재하고 있다.

다른 사정이 동일하다면, 기쁨에서 생겨나는 욕망이 슬픔에서 생겨나는 욕망보다 더 강하다.
— 『윤리학』 4부, 정리 18

해마다 붓꽃이 필 무렵엔, 나는 —마치 명령에 따르는 것처럼— 그 꽃을 그리고 있다. 그렇게 당당한 꽃은 없다. 아마도 꽃잎이 벌어지는 방식과 관련이 있는 것 같다. 이미 모양이 잡힌 꽃잎. 붓꽃은 마치 책이 펼쳐지듯 벌어진다. 동시에 그 꽃은 가장 작은, 건축적 구조의 본질을 담고 있다. 나는 이스탄불의 술레이만 사원을 떠올린다. 붓꽃은 예언 같다. 놀라우면서 동시에 고요한.

··· 자연의 모든 실재들은 일정한 필연성에 따라, 그리고 최고의 완전성과 함께 전개된다. 하지만 이에 대해 다음과 같은 점을 덧붙여 두어야 할 것 같다. 곧 목적인(目的因)에 관한 교의(敎義)는 자연을 완전히 전도시킨다. 왜냐하면 이러한 교의는, 실제로는 원인인 것을 결과로 간주하고 결과인 것을 원인으로 간주하여, 본성상 첫번째로 오는 것을 가장 나중에 오는 것으로 만들고, 또한 최상의 것이며 가장 완전한 것을 불완전한 것으로 만들어 버리기 때문이다.

—『윤리학』1부, 부록

모터사이클을 타러 오셨나요, 벤투?

모터사이클과, 당신이 깎은 렌즈가 들어간 망원경을 직접 비교할 생각은 없습니다. 하지만 둘 사이에는 몇몇 공통점이 있지요. 둘 다 목적지를 잘 찾아야 하고, 둘 다 거리를 줄여 주고, 둘 다 관심의 터널이 되며, 속도감을 줍니다.

망원경을 통해 바라보기를 멈추면, 비록 해변이나 먼 별을 바라본다고 해도 말입니다, 렌즈를 통해 바라보기를 멈추면, 당신의 시야가 속도를 늦추는 것 같은 인상을 받겠죠. 속도의 터널 안에는 또한 일종의 침묵이 있는데, 모터사이클에서 내리거나 망원경에서 눈을 떼면, 느릿한 일상의 반복되는 소리들이 돌아오고, 그 침묵은 잦아들죠.

> …만약 인간에게 있는 침묵할 수 있는 역량이 말할 수 있는 역량과 동
> 등하다면, 분명히 인간의 삶은 훨씬 더 행복했을 것이다.
> —『윤리학』 3부, 정리 2의 주석

내 모터사이클의 열쇠고리에 작고 검은 거북이 모형을 달아 놓았습니다. 이 모터사이클(혼다 CBR 1100)은 처음 나왔을 때, 블랙버드라는 이름으로 알려졌죠. 거북이의 결연한 느림과 하늘을 나는 블랙버드의 민첩함.

오랜 세월 동안, 나는 모터사이클을 타는 것과 드로잉을 하는 것 사이의 어떤 평행관계에 매혹돼 있었습니다. 그 평행관계에 비밀이 숨어

있는 것 같았지요. 어떤 비밀이냐고요? 이동과 시야에 관한 비밀입니다. 바라봄으로써 더 가까이 가는 것.

키를 꽂고, 다리를 걸치고, 헬멧의 끈을 조이고, 장갑을 끼고, 초크를 확인하고, 시동 버튼을 누르고, 왼발로 받침대를 차는 일.

모터사이클에 발로 시동 거는 장치만 있었던 시절이 떠오르네요. 오른발로 힘껏 누르고, 온 체중을 실어 힘껏 또 누르는 일. 실린더가 공기를 빨아들이고, 기침하듯 내뱉지만, 시동은 걸리지 않습니다. 마침내 시동이 걸리면, 마치 성가대 위에 올라탄 기분이 들죠.

왼손에 쥔 클러치를 부드럽게 놓고, 손바닥으로 스로틀을 조절하며, 앞으로 나아갑니다. 그 안정감.

모터사이클은 두 눈으로 모는 겁니다. 손목과 기울인 몸으로 몰기도 하지만, 셋 중에 눈이 가장 중요합니다. 목적지가 어디든, 모터사이클은 그 목적지를 향하면서 동시에 방향을 바꿉니다. 모터사이클은 타는 이의 생각이 아니라 시선을 쫓으니까요. 네 바퀴 자동차를 타는 사람들은 절대 상상할 수 없는 일이죠.

피해야 할 장애물을 힘껏 노려보면, 그걸 들이받을 위험이 아주 커집니다. 차분하게 그 장애물 주위의 길을 바라보면 모터사이클도 그 길로 가게 되죠.

정신이 내적으로 규정되는 경우가 아니라, 곧 정신이 여러 가지 실재들을 동시에 고려함으로써 실재들 사이의 합치·차이·대립을 파악하도록 규정되는 경우가 아니라, 자연의 공통 질서로부터 실재들을 지각하여 정신이 외적으로 규정되는 경우, 다시 말해 실재들과의 우발적인 마주침으로부터 이것저것을 고려하도록 규정되는 경우, 그 정신은 혼돈되고 단편적인 인식만을 갖게 된다는 점을 분명히 말해 둔다.

—『윤리학』 2부, 정리 29의 주석

운전자와 이륜 기계가 하나가 되고, 그 내적 기질, 스스로를 조절하는 능력은 물리학의 관성의 원리와 관련이 있습니다. 그것은 팽이처럼, 어느 정도의 타성이 유지되는 한, 스스로를 교정하며 계속 움직이지요. 하지만 같은 자리에서만 도는 팽이와 다른 점은, 하나가 된 운전자와 이륜 기계는, 계속 움직이는, 어떤 외곽선처럼 느껴지는 선을 따릅니다. 무엇의 외곽선일까요. 연장(延長)되는 무엇, 바로 당신이 정확히 서술했던 것입니다.

> 좀 더 논의를 진행하기 전에 앞서 보여 준 것을 상기해 두자. 곧 실체의 본질을 구성한다고 무한 지성이 인식할 수 있는 모든 것은, 하나의 동일한 실체에 속한다. 따라서 사고하는 실체와 연장되는 실체는, 때로는 이 속성에 의해 인식되고 때로는 다른 속성에 의해 인식되는, 하나의 동일한 실체다.
> ─『윤리학』 2부, 정리 7의 주석

연장되는 무엇의 외곽선.

드로잉을 하는 행위. 자연의 고정된 외곽선은 모두 임의적이고 영원하지 않습니다. 외곽선을 사이에 두고 양쪽에 있는 것들은 밀거나 당기는 행위를 통해 그 외곽선을 끊임없이 움직이지요. 한쪽에 있는 무엇이 자신의 혀를 다른 쪽에 있는 무엇의 입 안에 밀어 넣고, 반대의 일도 일어납니다. 드로잉이 직면하는 도전은 그 과정을 보여 주는 것, 서로 분리되어 있는, 알아볼 수 있는 어떤 대상뿐 아니라, 연장되는 무엇 또한 하나의 구성요소임을 종이 위에, 드로잉의 표면에 보여 주는 것입니다. 그리고 그것 또한 하나의 구성요소이기 때문에, 드로잉은 곤란한 작업이 되는 것이지요. 드로잉의 선이 그 곤란함을 전달하지 못한다면, 그 그림은 그저 하나의 기호에 머물 뿐입니다.

기호의 선은 획일적이고 규칙적입니다. 드로잉의 선은 초조하고 팽팽하죠. 기호를 만드는 사람은 습관적인 동작을 반복합니다. 드로잉을 그리는 사람은 끊임없이 연장되는 것 안에 홀로 있습니다.

모터사이클의 궤적, 혹은 그것이 지나온 경로가 땅 위에 그린 선이라고 생각해 봅시다. 운전자는 자신의 몸으로 그 선에 집중합니다. 모터사이클은 운전자의 눈을 따르고, 그는 자신의 눈과 모터사이클을 모두 땅에 단단히 붙여야만 하죠. 그러기 위해 운전자는 끊임없이 두 가지를 염두에 두어야 합니다. (1) 지표면과 회전하는 두 바퀴의 접촉. (2) 땅 위의 선과 모터사이클이 방향을 바꿀 때 작용하는 힘의 반동. 경주용 트랙에서 혼자 달리는 경우가 아니라면 직선 구간은 매우 짧게 마련입니다. 지표면과 직각으로 곧게 서서 달리는 경우는 거의 없지요. 기울기는 다르겠지만, 거의 항상 어느 쪽으로든 기울어 있고, 각각의 기울기마다 관련된 힘들을 감안해야만 하는 겁니다.

(1) 드로잉을 하는 사람이라면, 그림을 그리는 도구와 종이가 늘 접촉을 하게 되고, 종이의 흡수력은 어떤지, 표면이 얼마나 부드러운지 혹은 거친지, 다루기가 쉬운지 어려운지를 미리 살펴보고, 그 다음에 거기에 맞춰 드로잉을 합니다. 누르는 힘이나, 필기구와 종이가 닿아 있는 시간, 잉크의 양을 조절하고, 얼마나 단단한 목탄을 사용할지, 침은 얼마나 섞어 발라야 할지 등을 정하겠지요. 모터사이클을 타는 운전자도 비슷한 방식으로 길의 표면을 미리 살펴봅니다. 자갈, 모래, 습기, 떨어진 나뭇잎이나 기름, 차선을 표시한 하얀 페인트, 진흙, 얼음 등은, 모두 다른 방식으로 타이어가 미끄러지게 합니다. 그 외의 표면은 타이어를 붙잡아 주죠. 거기에 맞춰 어떤 행동을 할 때마다, 그러니까 브레이크를 잡는다든지, 가속을 한다든지, 방향을 튼다든지, 속도를 줄일 때마다 매 순간 결정해야 합니다. 마치 길 위를 달리는 타이어의 자국을 맨발로 느끼는 것처럼 반응해야 하는 겁니다.

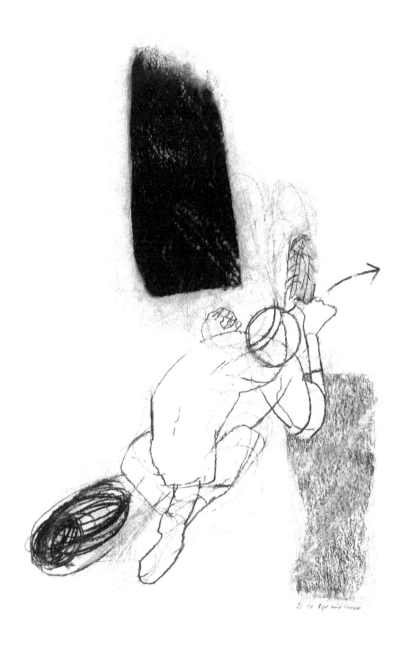

Right-hand corner

오른쪽 모퉁이.

(2) 방향을 바꿀 때는 그쪽으로 몸을 기울이고, 회전을 하는 동안 계속 그 자세를 유지합니다. 하지만 동시에, 앞바퀴의 끝은 반대쪽으로, 회전에서 벗어나게 방향을 잡아야 하죠. 그렇게 하는 이유는 회전을 제한하거나 끝내기 위해서가 아니라, 뒷바퀴에서 전달되는 추진력을 더욱 잘 받고, 모터사이클이 그리는 선을 더 팽팽하게 만들기 위해, 쉴 새 없이 좌우에서 밀고 당기는 힘, 서로 교차하는, 연장되는 무엇 아래 그 선을 두기 위해서입니다. 모터사이클이 따르는 선 이쪽에 있는 무언가의 혀가, 그 선 반대쪽에 있는 무언가의 입 안에 있습니다.

공리 1. 모든 물체는 운동 중이거나 정지해 있다.

공리 2. 각각의 물체는 때로는 좀 더 느리게 운동하고, 때로는 좀 더 빠르게 운동한다.

보조정리 1. 물체들은 운동과 정지, 빠름과 느림의 관계에 따라 서로 구분되는 것이지, 실체의 관계에 따라 서로 구분되는 게 아니다.

… 보조정리 3. 운동 중이거나 정지해 있는 물체는 다른 물체에 의해 정지하거나 운동하도록 규정되었어야 하며, 이 다른 물체 역시 다른 물체에 의해 운동하거나 정지하도록 규정되었고, 이처럼 무한하게 나아간다.

―『윤리학』 2부, 정리 13

당신은 하나의 드로잉을 타고 있습니다.

Protected Rider .

보호장비를 한 모타사이클 운전자.

자연스럽게, 나는 항상 스케치북의 왼쪽이 아니라 오른쪽 면에 그림을 그린다. 어린 시절의 기억, 혹은 희망의 문제일까.

Tilda
틸다.

일본 붓을 선물한 이야기를 하고 싶다. 언제 어떻게 그 일이 일어났는
지를. 그 붓은, 노(能)* 전문가와 공동 작업을 위해 잠시 일본에 다녀온
배우 친구가 내게 준 것이었다.

종종 그 붓으로 그림을 그렸다. 말과 양의 털을 섞어 만든 붓이었다.
한때 피부에 붙어 있었을 털들. 어쩌면 그 때문에, 대나무 손잡이가 달
린 그 붓으로 그릴 때면, 감각들이 그렇게 생생하게 전달되었던 것인지
도 모른다. 그 붓으로 그림을 그릴 때면, 붓과 그 붓을 느슨하게 쥔 내
손이, 종이가 아니라 피부 위를 지나가는 것 같은 느낌이 들곤 했다. 그
림을 그리는 종이를 피부에 비유하는 것은, 단어에서도 알 수 있다. 붓
놀림이라는 단어. 오직 한 번만 스치는 붓! 위대한 화가 석도**의 말이
다.

이야기의 배경은 파리 교외의 주민이 많은, 하지만 세련되지는 않은
지역의 시립 수영장이었다. 내가 가끔씩 체류하는 지역이기도 하다. 나
는 매일 오후 한시, 대부분의 사람들이 점심 식사를 하느라 수영장이
덜 붐비는 시간에 그곳을 찾았다.

건물은 지붕이 낮고 길쭉했으며, 외벽은 유리와 벽돌로 되어 있었다.
1960년대 후반에 짓기 시작해서 1971년에 개장했다. 자작나무와 수양
버들이 있는 작은 공원 안에 있는 수영장이다.

수영장에서 수영을 할 때면 유리벽 밖으로 높게 자란 수양버들을 볼
수 있다. 천장은 널판지로 메웠는데, 사십 년이 지난 지금, 그 중 몇 개
가 떨어지고 없다. 배영을 하면서도 내가 고민하고 있던 이야기나 나를
떠받치고 있는 물의 존재에 대해서는 인지하고 있었지만, 천장의 그 구
멍에 대해서는 의식하지 못할 때가 많았다.

18세기 중국 화가 황신**이 그린, 매미가 앉은 수양버들 그림이 있
다. 잎 하나하나가 모두 한 번의 붓놀림으로 그려졌다.

밖에서 보면 수영장은 시골이 아니라 도시의 건물이다. 수영장이라

는 사실을 모르고 보면, 거기에 나무까지 없다고 생각하고 보면, 아마도 기차역이나 버스 차고, 수하물 적재소라고 짐작했을 것이다.

입구엔 아무것도 씌어 있지 않고, 그저 공화국을 상징하는 세 가지 색을 담은 작은 방패형 문장(紋章)이 전부다. 입구의 유리문에는 '미시오'라는 안내가 붙어 있다.

그 문을 밀고 안으로 들어가면, 바깥의 거리, 주차된 자동차나 상점가와는 아무 관련이 없는 또 다른 영역에 들어선다.

공기에서는 희미하게 염소(鹽素) 냄새가 난다. 두 개의 풀에서 빛이 반사되면서, 건물 안의 모든 것은 위에서가 아니라 아래에서 올라오는 빛을 받는 것 같다. 울림이 또렷해서, 모든 소리가 자신만의 작은 메아리를 가진다. 어디서나 수평선이, 수직선과 대조를 이루며, 우세하다. 대부분의 사람들은 수영을 한다. 커다란 풀의 이쪽 끝에서 저쪽 끝까지, 길게 길게 수영을 한다. 서 있는 사람은 방금 수영복으로 갈아입은 사람이거나 물에서 나온 사람들이고, 그들 사이에 계층이나 위계 같은 건 거의 느껴지지 않는다. 대신 모든 곳에서, 야릇한 수평선 덕분에 평등함이 느껴진다.

여기 저기 글씨가 인쇄된 안내판이 있는데, 모두 눈에 띄게 관료적인 단어와 문장을 쓰고 있다.

헤어드라이어는 폐장 오 분 전까지만 사용 가능합니다.

수영 모자 필수. 지방자치 조례. 1980년 9월 12일부터 발효.

직원 외에는 엄격히 출입을 금합니다. 협조해 주셔서 감사합니다.

그런 발언에 스며 있는 목소리는, 제삼공화국* 당시 이루어진 시민의 권리와 의무에 대한 투쟁과 따로 떼어 생각할 수 없다. 정연하고 개성이 없는, 집단적 목소리, 어디 멀리선가 어린아이의 웃음소리가 들리는 것 같기도 하다.

1950년경, 페르낭 레제는 '다이빙하는 사람들' 연작을 그렸다. 그 작품들은 원색과 느슨하고 단순화한 인물의 외곽선을 사용해 여유시간을 즐기는 노동자들의 꿈과 계획을 축복했고, 이들이 노동자였기 때문에, 이 작품들은 여가를 아직 이름 지어지지 않은 무언가로 변모시킨다.

오늘날 꿈의 실현은 그 어느 때보다 먼 이야기가 되었다. 하지만 가끔, 남자 탈의실에서 옷들을 옷장 안에 집어넣고 열쇠를 손목에 두른 채, 발 씻는 곳을 지나기 전에 반드시 해야 하는 뜨거운 물 샤워를 마치고 나서 커다란 풀의 모서리로 가 물속으로 들어갈 때면, 그 그림들이 떠오른다.

수영을 하는 사람들은 대부분, 필수인 수영 모자 외에, 염소로부터 눈을 보호하기 위해 짙은 색 물안경을 쓴다. 사람들 사이에 눈을 마주치는 일은 거의 없고, 실수로 다른 사람을 발로 치기라도 할 때면 즉시 사과를 한다. 코트 다쥐르*와는 분위기가 다르다. 여기서 사람들은, 제각각 자신의 목적만을 저만의 방식으로 쫓는다.

처음 그녀가 눈에 띈 건 수영법이 달랐기 때문이었다. 손발을 신기할 정도로 천천히 움직이며 ―꼭 개구리처럼― 헤엄쳤지만, 그럼에도 속도는 그렇게 느리지 않았다. 물과 완전히 다른 식으로 관계를 맺고 있었다.

중국의 대가 제백석(1864-1957)**은 개구리를 즐겨 그렸는데, 마치 개구리가 수영 모자를 쓰기라도 한 것처럼 머리를 짙은 까만색으로 표시하곤 했다. 극동 지역에서 개구리는 자유의 상징이다.

그녀는 생강색 수영 모자를 쓰고, 꽃무늬 수영복을 입었다. 프린트 무늬가 들어간 영국제 무명처럼 보이기도 한다. 오십대 후반으로 베트남 출신일 거라고 짐작했는데, 나중에 내 실수임을 알게 되었다. 캄보디아 출신이었다.

그녀는 매일 수영을 했다. 길게 길게, 거의 한 시간 동안. 나도 그랬다. 그만할 때가 됐다고 판단하고 귀퉁이의 사다리를 타고 올라올 때면, 역시 수영을 하고 있던 한 남자가 다가와 그녀를 도와주었다. 그도 동남아시아 출신이었는데, 그녀보다 조금 말랐고 키도 작았으며 그녀보다 좀 더 각이 많은 얼굴이었다. 그녀의 얼굴은 달덩이 같았다.

풀 안에 있던 그가 그녀 뒤로 다가가 손으로 엉덩이를 받치면, 그녀는 풀 가장자리에서 그 두 손에 올라앉고, 그는 그녀의 무게를 조금 받친 채, 그렇게 둘이 함께 물 밖으로 나왔다.

일단 단단한 땅에 올라선 후, 발 씻는 곳과 여자 탈의실 입구를 향해 걸어가는 그녀는 혼자이고, 절름거리는 걸음은 거의 티나지 않는다. 하지만 그 의식(儀式) 같은 행동을 몇 번 지켜본 나는, 걸을 때면 그녀의 몸이 마치 갈고리에 걸린 천처럼 팽팽해진다는 것을 알 수 있었다.

각이 진, 용감해 보이는 얼굴의 남자는 아마 여인의 남편일지 모른다. 이 점에 대해 내가 의심하는 이유를 모르겠다. 남자의 소극적인 태도 때문일까. 그녀의 무관심 때문일까.

수영장에 도착해 물에 들어갈 때면, 남자가 사다리를 반쯤 내려가 자리를 잡고, 그녀는 그의 어깨 위에 걸터앉는다. 그리고 남자가 자신의 엉덩이가 잠길 때까지 조심스럽게 몸을 내리면, 그녀는 헤엄쳐 멀어져 간다.

두 사람 모두 물에 들어가고 나오는 그 의식을 거의 외우고 있었는데, 아마도 둘 다 그 의식에서 물이 자신들보다 더 중요한 역할을 하고 있음을 인식하고 있을 것이다. 그 때문에 두 사람이 남편과 아내가 아니라 함께 연기하는 두 명의 연기자처럼 보였던 것일 수도 있다.

시간이 흘렀다. 하루하루가 반복되듯 지나갔다. 그러다가 마침내, 같은 레인에서 반대방향으로 수영을 하던 그녀와 내가, 그날 처음으로 겨우 일이 미터 떨어진 곳에서 동시에 몸을 일으켰고, 서로에게 가볍게 목례를 했다. 그리고 물 밖으로 나오기 전 마지막으로 마주쳤을 때는, '다음에 봐요'라는 뜻의 신호를 보냈다.

그 특별한 신호를 어떻게 묘사할 수 있을까. 눈썹을 살짝 들어올리고, 마치 머리를 뒤로 넘길 때처럼 고개를 살짝 젖힌 채, 윙크하듯 눈을 찌푸리며 미소를 지어 보였다. 아주 조심스럽게. 물안경은 수영 모자 위로 올린 상태였다.

어느 날, 수영을 마치고 샤워를 할 때였다. 남자 샤워실에는 샤워기가 모두 여덟 개 있는데, 물을 틀려면 수도꼭지를 돌리는 게 아니라 문손잡이처럼 생긴 낡은 버튼을 눌러야 한다. 물이 끊어지면 버튼을 또 눌러야 하는데, 한 번 눌렀을 때 물이 나오는 시간은 여덟 개의 샤워기가 모두 다르다. 그때쯤 나는 어느 샤워기에서 뜨거운 물이 가장 오래 나오는지 알고 있었고, 그 샤워기가 비어 있으면 늘 그 밑으로 갔다. 어느 날, 수영을 마치고 뜨거운 물로 샤워를 하고 있을 때, 동남아시아 출신의 남자가 옆 샤워기 아래로 왔고, 우리는 악수를 했다.

잠시 후 우리는 몇 마디를 나누며, 옷을 챙겨 입은 후 바깥의 작은 공원에서 다시 만나기로 했다. 우리는 약속대로 만났고, 그의 아내도 함께했다.

그때 두 사람이 캄보디아 출신이라는 것을 알았다. 그녀는 그 유명한 시아누크 왕가의 먼 친척뻘이라고 했다. 1970년대 중반, 그녀는 이십대에 유럽으로 건너왔고, 그 전에는 프놈펜에서 미술을 공부했다.

말을 하는 건 주로 그녀였고, 나는 질문을 했다. 다시 한번, 남자의 역할은 그저 경호원이나 보좌관이 아닐까 하는 인상을 받았다. 우리는 자작나무 근처, 그들이 세워 둔 이인승 시트로엥 C15 옆에 서서 이야기했다. 오래 타서 낡은 차였다. 지금도 그림 그리시나요? 내가 물었다. 그녀는 왼손을 들어, 쥐고 있던 새를 놓아주는 것 같은 동작을 해 보이며 고개를 끄덕였다. 가끔 고통에 빠졌을 때 그리죠, 남자가 말했다. 책도 많이 읽어요, 그녀가 덧붙였다. 크메르어와 중국어로 된 책이요. 그때 남자가, 차에 타야 할 시간이 되었음을 알렸다. 자동차 앞 유리 위, 백미러에, 배의 키를 모형으로 만든 것 같은 작은 법륜(法輪)이 걸려 있는 게 눈에 띄었다.

두 사람이 차를 타고 떠난 뒤, 나는 잔디밭에 누웠다. 5월이었다. 수양버들 아래서 나는 어느새 고통에 대해 생각하고 있었다. 아마도 미중앙정보국의 도움으로, 시아누크가 축출되던 해에 그녀는 캄보디아— 당시엔 아직 캄푸치아였다—를 떠났을 것이다. 같은 해에 폴 포트의 지휘 아래 크메르루주가 수도를 점령하고, 이백만 명의 시민들을 강제로 시골로 이주시키는 정책이 시작되었다. 시골에서 사람들은, 사유재산이 하나도 없는 공동체 안에서 새로운 크메르인이 되는 법을 배워야 했다. 그렇게 이주한 사람들 중 백만 명이 살아남지 못했다. 그 전해에 프놈펜과 그 주변지역은 미군의 B-52 폭격기의 체계적인 공습을 받아, 적어도 십만 명의 사람이 숨졌다.

캄푸치아 사람들은 앙코르와트와 평화로운 거대 석상으로 대표되는 장대(張大)한 과거를 지니고 있었지만, 그 과거는 이제는 고난으로 보이는 어떤 것에 의해 산산조각 나고 약탈당했다. 그녀가 조국을 떠나던 그 무렵, 캄푸치아 사람들 주변엔 온통 적들—베트남, 라오스, 타이— 뿐이었고, 그들은 스스로 만들어낸 정치적 몽상의 폭정과 학살에 시달리기 직전이었다. 몽상가들이 미치광이로 변한 것은, 현실 자체에 복수하기 위해서, 현실을 단 하나의 차원으로 만들어 버리기 위해서였다. 그런 단순화는 심장의 세포 수만큼이나 많은 고통과 함께 이루어졌다.

나는 수양버들 아래서 가만히, 잎이 바람에 흔들리는 것을 지켜보았다. 하나하나가 한 번의 작은 붓놀림인 잎들. 그녀의 몸에 새겨진 고통과 지난 반세기 동안 그녀 조국의 역사가 겪었던 고통을 구분하는 것은 불가능했다.

오늘날 캄보디아는 동남아시아에서 가장 가난한 나라이며, 수출품의 구십 퍼센트는 서구의 다국적 유명 브랜드에 공급되는 섬유를 생산하는 열악한 공장에서 나온다.

네 살짜리 꼬마들 무리가 나를 지나 계단을 올라, 수영 교실에 참석하기 위해 유리문을 열고 들어갔다.

다음에 수영장에서 그녀와 남편을 다시 만났을 때, 나는 그녀가 쉬는 틈에 다가가, 다리가 왜 아픈지 이야기해 줄 수 있냐고 물었다. 그녀는 마치 어떤 장소의 이름을 알려 주듯, 주저 없이 대답했다. 다발성 관절염이요. 젊었을 때, 조국을 떠나야만 한다는 걸 알게 되었을 때부터 그랬어요. 물어봐 주셔서 감사합니다.

그녀 이마의 왼쪽 절반은 변색된 것처럼, 얼굴의 나머지 부분보다 조금 더 짙은 갈색이다. 마치 잎사귀 하나가 그 자리에 떨어졌다가 희미한 자국을 남기고 간 것 같았다. 고개를 뒤로 젖혀 살짝 물 위에 드러난 그녀의 얼굴이 달덩이처럼 보일 때, 그 변색된 부분은 달 표면의 '바다' 같았다.

우리는 함께 풀을 향해 걸었고, 그녀는 미소 지었다. 물에 들어갔을 때 그녀가 말했다. 체중을 줄이는 중이니까, 조금만 지나면 무릎도 아프지 않을 거예요.

나는 고개를 끄덕였다. 우리는 수영을 했다. 엎드린 자세로 수영을 하는 그녀는, 앞에서 말한 것처럼, 개구리처럼 천천히 팔과 다리를 움직였다. 배영을 할 때는 수달처럼 수영한다.

캄보디아는 삼투압 작용처럼 주변의 민물을 빨아들이는 독특한 땅이다. 그 지역을 뜻하는 크메르어 '톡 데이'는 물 많은 땅이라는 뜻이다. 산들에 둘러싸인 충적지(沖積地)인 캄보디아의 평원 지대에는 ―프랑스의 오분의 일 정도 크기다― 여섯 개의 강이 교차하는데, 그 중에는 광대한 메콩 강도 포함된다. 여름의 우기 동안, 강물은 오십 배나 불어 난다! 그리고 삼각주의 머리 부분에 해당하는 프놈펜에서는, 강의 수 위가 규칙적으로 팔 미터 높아진다. 동시에 북쪽의 톤레삽 호수의 수량 (水量) 역시 겨울의 '보통' 수량보다 네 배 증가해, 거대한 저수지가 된 다. 호수로 이어지는 강의 수량이 늘어나고 물은 반대로 흐르는데, 이 전의 흐름을 거스르는 것이다.

이 평원이 세상에서 가장 다양하고 풍족한 민물 어류 어장이 된다는 건 조금 의아하기도 하다. 수 세기 동안 주변의 농민들은 쌀과 물고기 를 주식으로 생활했다.

바로 그날 점심 때 시립 수영장에서 수영을 하다가, 그녀가 마치 어 느 장소를 이야기하듯 '다발성 관절염'이란 단어를 말한 직후에, 그녀 에게 일본 붓을 줘야겠다고 생각했다.

저녁에 붓을 상자에 넣어 포장했다. 수영장에 갈 때마다 그걸 가지 고 가, 부부가 나타나기를 기다렸다. 드디어 만났을 때, 작은 상자를 다 이빙대 뒤의 벤치에 두고, 가기 전에 찾아가라고 남편에게 일러 주었 다. 나는 두 사람보다 먼저 수영장을 떠났다.

내가 다른 곳에서 지내는 바람에 몇 달 동안 그들을 만나지 못했다. 다시 수영장에 갔을 때 두 사람을 찾아보았지만 볼 수가 없었다. 물안 경을 쓰고 풀 안으로 들어갔다. 꼬마 일곱 명이 코를 쥔 채 물속으로 뛰 어들었다. 풀 주변의 다른 아이들은 발에 오리발을 끼우는 중이었다. 평소보다 더 시끄럽고 소란스러웠던 건 7월이었기 때문이다. 학기가 끝나고 파리를 떠날 여유가 없는 집안의 아이들이 몇 시간 동안 물놀이 를 하기 위해 그곳을 찾은 것이다. 아이들의 특별 입장료는 거의 무료 에 가깝고, 안전을 담당하는 수영 강사도 느긋하다. 개인적인 목표를 가지고 규칙적으로 수영장을 찾는 사람들도, 여전히 눈에 띈다.

스무 번쯤 왕복하고 잠시 쉬었다가 다시 시작하려고 할 때, 놀랍게도 누군가 뒤에서 내 어깨를 단단히 쥐었다. 고개를 돌리니, 프놈펜 출신의, 그늘진 달덩이 같은 얼굴을 한 옛 미술학도가 있었다. 예의 그 생강색 수영 모자를 쓴 그녀가 미소를 지었다. 환한 미소를.

여기 계셨군요!

그녀는 고개를 끄덕였고, 함께 풀을 향해 걸어가던 중에 가까이 다가와 내 양쪽 볼에 입을 맞췄다.

그녀가 물었다. 새로 할까요, 꽃으로 할까요?

새요!

그 말에 그녀는 물속에서 고개를 뒤로 젖히며 웃었다. 그 웃음소리를 들려줄 수 있으면 좋겠다. 주변 아이들의 물장구 소리와 고함 소리 사이에서, 그 저음의 웃음소리는 느리게, 오래 울렸다. 그녀의 얼굴은 전보다 더 달덩이 같았다. 달덩이 같은, 시간을 잊은 얼굴. 이제 곧 예순이 될 그 여인의 웃음소리가 계속 울렸다. 설명할 수 없지만, 그 웃음은 한 아이의 웃음소리이기도 했다. 집단적 목소리 뒤 어딘가에서 웃고 있을 거라 상상했던 그 아이.

며칠 후 그녀의 남편이 다가와 내 건강을 물은 다음 속삭였다. 다이빙대 뒤의 벤치에 가 보세요. 그 말을 남기고 두 사람은 물 밖으로 나갔다. 남편이 그녀 뒤로 다가가 손으로 엉덩이를 받치자, 그녀는 풀 가장자리에서 그 두 손에 올라앉고, 그는 그녀의 무게를 조금 받친 채, 둘이 함께 물 밖으로 나갔다. 두 사람 중 누구도 뒤를 돌아보며 나에게 손을 흔들어 인사하지 않았다. 겸손함의 문제였다. 겸손한 동작. 어떤 선물도 강제로 달라고 할 수는 없는 것이다.

벤치에 놓인 커다란 봉투를 집었다. 안에는 한지에 그린 그림이 한 점 있었다. 그녀가 물었을 때 내가 골랐던 대로, 새 그림이었다. 대나무에 앉은 작은 새. 대나무는 전통적인 방식으로 그려져 있다. 맨 위에서 시작해 마디가 있는 자리에서 한 번씩 멈췄다가, 아래로 내려오면서 점

점 더 굵어지는 한 번의 붓놀림. 성냥처럼 가는 가지들은, 붓 끝으로 그렸다. 역시 한 번의 붓놀림으로 그린 짙은 잎사귀는 퍼덕이는 물고기 같았다. 그리고 마지막으로, 속이 빈 대나무 줄기의 매 마디마다, 왼쪽에서 오른쪽으로 가로선이 하나씩 들어갔다.

파란 머리에 가슴은 노랗고 회색 꼬리를 지닌 새는, 발톱이 'W'자처럼 생겨서 필요할 때면 가지에 거꾸로 매달릴 수도 있을 것 같다. 새를 묘사한 방식은 다르다. 대나무가 물 흐르듯이 한 번에 그린 느낌이라면, 새는 마치 수를 놓은 것처럼, 바늘처럼 뾰족한 붓 끝으로 점점이 색을 찍어 그렸다.

한지 위에 그린 대나무와 새는 함께, 단 하나의 우아한 이미지가 되었고, 새의 왼쪽 아래에는 수줍은 듯 작가의 이름이 찍혀 있었다. 그녀의 이름은 L—이었다.

하지만 그림 속으로 들어가 보면, 그 안의 공기를 뒷머리에 느껴 보면, 그 새가 집을 잃은 새임을, 설명할 수 없는 방식으로 집을 잃어버린 새임을 감지할 수 있다.

그림은 받침판 없이 두루마리 형태로 만들었고, 기쁜 마음으로 걸어 둘 장소를 골랐다. 몇 달이 지난 후의 어느 날, 무언가를 찾으러 삽화가 실린 라루스백과사전을 볼 일이 생겼다. 사전을 뒤적이다 푸른박새 한 마리가 있는 그림을 우연히 보았다. 혼란스러웠다. 그 새가 이상하게도 낯설지가 않았다. 잠시 후에야, 바로 그 표준 사전에 있는 새가 L—이 그린 대나무에 앉은 파란 새의 모델—예를 들면, W자 모양의 발톱은 각도까지 똑같았고, 머리와 부리도 마찬가지였다—이었음을 깨달았다.

그리고 다시, 고향을 잃어버린다는 것에 대해 조금 더 이해할 수 있었다.

하지만 여기서, 우리는 일정한 한계 범위 안에 있는 공간상의 거리만
을 판명하게 상상할 수 있는 것과 마찬가지로, 일정한 한계 범위 안에
있는 시간상의 거리만을 판명하게 상상할 수 있다는 점에 주목하는 게
좋겠다. 곧 우리는 보통, 우리가 있는 곳에서 이백 피트 이상 떨어져
있는, 또는 우리가 판명하게 상상할 수 있는 이상의 거리만큼 떨어져
있는 모든 대상을, 우리로부터 똑같은 거리만큼 떨어져 있다고 상상
한다. 따라서 우리는 보통 그것들이 동일한 지반 위에 있다고 상상한
다. 마찬가지로 그 지속 시간이 대개 상상하는 것보다 더 긴 거리만큼
현재로부터 떨어져 있는 대상들에 대해, 우리는 그것들이 현재로부터
시간상으로 똑같이 멀리 떨어져 있다고 상상하며, 그것들 모두가 마
치 시간의 한 계기에 놓여 있는 것처럼 간주한다.

—『윤리학』 4부, 정의 6

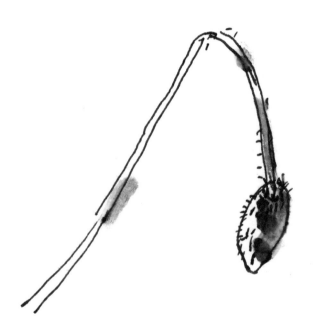

모든 것은 신의 권능에 의존한다. 따라서 실재들이 자기 자신과 다르게 존재할 수 있기 위해서는 신의 의지가 또한 필연적으로 변화되어야 한다. 하지만 (우리가 신의 완전성으로부터 아주 명백하게 보여 준 것처럼) 신의 의지는 변화될 수 없다. 따라서 실재들은 그 자신과 다르게 존재할 수 없다. 나는, 모든 것을 신의 무관심한 어떤 의지에 종속시키고, 모든 것은 그의 만족에 달려 있다고 제시하는 의견이, 신은 모든 것을 선(善)의 견지에서 실행한다고 보는 관점보다는 진리에 더 가까이 있다고 생각한다는 점을 밝혀 둔다.

—『윤리학』 1부, 정리 33의 주석 2

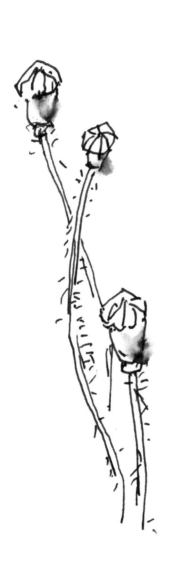

The Alps at Martigny

마르티니에서 본 알프스.

실체의 본성에는 실존이 속한다.

한 실체는 다른 어떤 것에 의해서도 생산될 수 없다. 따라서 실체는 자기원인적인 것이다. 곧 실체의 본질은 필연적으로 실존을 함축한다. 또는 실체의 본성에는 실존이 속한다.

—『윤리학』1부, 정리 7과 그 증명

Sandstone rose from Algerian desert

알제리 사막에서 가지고 온 사암(砂岩) 장미.

with my left
Drawing hand of my right hand

왼손으로 그린 나의 오른손.

나는 습관적으로 혼란에 빠집니다. 혼란을 마주함으로써 종종 어떤 분명함을 얻기도 하지요. 벤투, 당신이 그 방법을 보여 주었습니다.

하지만 인간의 역량은 매우 제한적이며 외부 원인들에 의해 무한히 압도된다. 따라서 우리는 바깥에 있는 실재들을 우리의 필요에 맞게 일치시킬 수 있는 절대적 권능을 갖고 있지 않다. 하지만 우리는 의무를 다했으며, 그와 같은 일을 피할 수 있을 만큼 우리의 역량을 증대시킬 수는 없었다는 점, 그리고 우리는 자연 전체의 일부이며 그 질서를 따른다는 점을 의식한다면, 우리는 우리의 유용성 원칙이 요구하는 바와 반대로 우리에게 일어나는 일들을 평정심을 갖고 견뎌내게 될 것이다. 만약 우리가 이 점을 명석판명하게 인식한다면, 지성에 의해 정의되는 우리 자신의 부분, 곧 우리 자신의 최선의 부분은 이에 전적으로 만족할 것이며, 그 만족 안에서 존속하려고 노력할 것이다. 왜냐하면 지성으로 인식하는 한에서, 우리는 필연적인 것 이외에는 아무것도 욕망할 수 없으며, 참된 것 이외에는 절대로 만족할 수 없기 때문이다. 따라서 이 점을 올바르게 인식하는 한에서, 우리 자신의 최선의 부분이 행하는 노력은 자연 전체의 질서와 일치하게 된다.
—『윤리학』4부, 부록 32항

Inspired by a statue in a tomb in Asyut, Ancient Egypt.

고대 이집트 아시유트의 무덤에서 발견된 조상(彫像)에 영감을 받아서.

인간 신체(corpus humanum)는 매우 많은 수의 (상이한 본성을 지닌) 개체들로 합성되어 있으며, 이 개체들 각자는 매우 복합적이다.

인간 신체를 합성하는 개체들 중 어떤 것들은 유동적이고 어떤 것들은 무르며 어떤 것들은 단단하다.

인간 신체를 합성하는 개체들, 따라서 인간 신체 그 자체는 매우 많은 방식으로 외부 물체들에 의해 변용된다.

인간 신체는 자신을 보존하기 위해 매우 많은 수의 다른 물체들을 필요로 하며, 이것들은 말하자면 인간 신체를 지속적으로 재생시킨다.

인간 신체의 유동적인 부분이 외부 물체에 의해 신체의 무른 부분에 대해 표시를 남기도록 규정될 때, 유동적인 부분은 무른 부분의 표면을 변화시키며, 말하자면 자신을 자극하는 외부 물체의 흔적을 무른 부분 위에 남기게 된다.

인간 신체는 외부 물체들을 매우 많은 방식으로 움직일 수 있으며, 이것들을 매우 많은 방식으로 배치할 수 있다.

인간 정신은 매우 많은 것을 지각할 수 있는 능력을 지니고 있으며, 그 신체가 좀 더 많은 방식으로 배치될 수 있게 됨에 따라 더 많은 것을 지각할 수 있다.

—『윤리학』2부, 정리 13의 요청 1-6과 정리 14*

Parsley
파슬리.

인간 신체와, 인간 신체를 통상적으로 변용시키는 어떤 물체들에 공통적이고 또 그것들에 고유한 것은, 이것들 각각의 부분과 전체 안에 균등하게 존재하며, 그에 대한 관념 역시 정신 안에서 적합하게 존재할 것이다.

　이로부터, 정신은 그 신체가 다른 신체들과 더 많은 것을 공통으로 지니면 지닐수록 더 많은 것들을 적합하게 지각할 수 있다는 점이 따라 나온다.

—『윤리학』 2부, 정리 39와 따름정리

Olive tree, Aein Kiniya, Palestine

올리브나무. 아인 키니야. 팔레스타인.

렌즈 세공 일을 하기 전에, 당신과 동생 가브리엘은 암스테르담에서 아버지의 일을 도왔죠. 포르투갈에서 수입한 올리브오일과 말린 과일을 파는 일이었습니다. 아버지는 포르투갈 이민이었죠. 아버지가 돌아가신 후 당신과 동생이 사업을 물려받았지만, 이 년 만에 파산했고, 당신은 암스테르담의 다른 구역 블로인뷔르흐로 이사했습니다. 거기서 렌즈 세공 일을 익혔죠.

Dried fig
말린 무화과.

…돈은 이 모든 일을 이루기 위한 손쉬운 방법을 제공해 주었다. 그리하여 돈의 이미지가 우중(愚衆)의 정신에서 중심적인 자리를 차지하는 일이 일어난다. 왜냐하면 우중은, 원인으로서의 돈이라는 관념으로부터 얻는 기쁨이 아니고서는 어떤 다른 기쁨도 거의 상상하지 못하기 때문이다.

하지만 이것은, 어떤 필요나 불가피한 이유 때문이 아니라, 돈 버는 기술을 배웠고 그에 대해 큰 자부심을 느끼기 때문에 돈을 얻으려고 하는 이들에게만 악덕일 뿐이다. 그들은 보통의 관례에 따라 신체에 영양을 공급하되 인색하게 하는데, 왜냐하면 그들은 신체 보존을 위해 소비하는 만큼 자신의 재물을 잃게 된다고 생각하기 때문이다.

—『윤리학』 4부, 부록 28-29항

새로운 독재자들의 얼굴에 대한 연구. 그들을 금권정치가라고 부르기가 망설여지는 것은, 용어 자체가 지나치게 역사적이고, 이들은 전례가 없는 어떤 현상에 속하기 때문이다. '이윤추구가'라고 정리해 보기로 하자. 이 이윤추구가들의 얼굴에는 공통점이 많다. 이런 일치는 부분적으로는 환경 때문이며 ─이들은 비슷한 재능을 가지고 있고 비슷한 일상을 따르며 산다─ 부분적으로는 의도적으로 선택한 스타일이다.

나의 그림은 북반구 사람의 얼굴형에 바탕을 두고 있다. 분명 남반구 이윤추구가의 초상은 다를 테지만, 비슷한 경향이 그 얼굴에도 분명히 드러날 거라고 짐작한다.

나이는 다양하지만 그 스타일은 사십대 후반 남자의 스타일이다. 옷차림에 빈틈이 없고, 옷의 재단에서도 확신이 느껴진다. 마치 엄중한 경비하에 물건을 운반하는 승합차의 외관 같다. 아엠에스사(社)*의 승합차.

그들의 특징을 연구하다 보면, 그들에게 뚜렷한 신체적 욕망이 (과한 것은 고사하고) 없는 것 같다는 인상을 받는다. 통제에 대한 채울 수 없는 욕망뿐이다. 그들의 얼굴은 괴물처럼 보이기는커녕, 조금 지쳐 있기는 하지만, 거의 온화해 보인다.

이마에는 주름이 많다. 생각을 많이 해서 생긴 주름이 아니라 쉴 새 없이 지나가는 정보가 남긴 선들이다.

작고 기민한 눈은, 모든 것을 검토하지만 아무것도 깊이 생각하지 않는다. 데이터베이스처럼 광범위한 귀는 무언가를 경청하는 능력은 없다.

입술은 좀처럼 떨리지 않고, 입으로는 무자비한 결정을 내린다.

손짓을 많이 해 보이는데, 그 손으로 뻔한 말만 할 뿐 경험은 건드리지 못한다.

머리칼은, 정성 들여 빗은 것이 꼭 항공속도 시험에 대비한 것 같다.

그들의 얼굴에서 보이는 단단한 확신은, 또한 눈에 띄는 무지함과 짝을 이룬다.

스피노자는 세 가지 형태의 지식에 대해 서술했다. 첫째, 소문과 인상에만 근거하여, 전체와는 아무런 관련이 없는 제 멋대로의 지식. 둘째, 적절한 개념을 활용하며 사물의 성질에 집중하는 지식. 그리고 셋째, 사물의 본질에 집중하는, 그리하여 신에게 이르는 지식.

이윤추구가들은 사물의 성질이나 본질에 대해서는 아무것도, 정말 아무것도 아는 것이 없다. 그들은 스스로의 부정한 돈벌이에 비친 자신들의 인상에만 익숙하다. 그래서 편집증에 빠지고, 그 편집증에서 지치지 않는 에너지가 나온다. 그들이 신념처럼 반복하는 말은, 대안이 없다는 것이다.

How does the impulse to draw something begin?

무언가를 그리고 싶은 마음은 어떻게 시작되는 걸까.

드로잉을 할 때 —여기서 드로잉은 글쓰기나 추론과는 아주 다르다— 나는 종종 순간적으로 신체의 생리현상과 비슷한 어떤 일에 가담하고 있는 것 같은 인상을 받는다. 소화 작용이나 땀을 흘리는 것처럼, 의식적 의지와는 별개로 작동하는 기능들. 이 인상은 과장된 것이지만, 드로잉이라는 행위 혹은 드로잉을 하려는 마음은 어떤 원형, 논리적 추론에 앞서 있는 어떤 것에 닿아 있다.

안토니오 다마지오 같은 신경생리학자의 최근 작업 덕분에, 살아 있는 신체의 세포와 세포 사이를 오가는 메시지가 도표나 지도의 형태를 띠고 있음을 알게 되었다. 그 메시지들은 특별히 배열된 것이고, 좌표를 가진다.

그런 '지도'들을 통해 신체는 뇌와 소통하고, 뇌는 신체와 소통한다. 그런 메시지들이 정신의 근간을 구성하므로, 정신은 신체와 뇌가 함께 만드는 것이고, 그 점은 스피노자가 믿었던, 그리고 예견했던 바이다. 드로잉이라는 행위에는 아마도 그런 지도 읽기에 대한 희미한 기억이 있을 것이다.

다마지오는 이렇게 말했다. "의식하는 정신의 전체적인 짜임은 똑같은 천으로 만들어진다. 그 천이란 지도를 읽어내는 뇌의 능력에서 나온 이미지들이다."

어쨌든 드로잉은 무언가를 지향하는 실천이며, 그렇기 때문에 자연에서 발생하는 다른 지향의 과정에 비유할 수 있다.

드로잉을 할 때 나는, 하늘 길을 찾아가는 새나, 쫓기는 와중에 은신처를 찾아가는 산토끼, 혹은 알 낳을 곳을 알고 있는 물고기, 빛을 향해 자라는 나무, 자신들만의 방을 짓는 벌 들에게 조금 더 가까이 다가가는 느낌을 받는다.

Print from cells in a bee-hive.
벌집의이 프린트.

멀리, 소리 없는 동행이 있음을 알고 있다. 별처럼 먼 곳이지만, 그럼에도 동행이다. 우리가 같은 우주에 있기 때문이 아니라, 우리가 비슷한 방식으로 —각자에게 맞는 양식에 따라— 무언가를 찾고 있기 때문이다.

드로잉은 무언가를 꼼꼼히 살피는 형식이다. 그리고 그림을 그리려는 본능적인 충동은, 무언가를 찾으려는 욕구, 점을 찍으려는 욕구, 사물들을, 그리고 자기 자신을 어딘가에 위치시키려는 욕구에서 나온다.

다시 다마지오를 인용하자면, "… 의식하는 정신은 유기체와 앎의 대상 사이에 관계를 구축하는 과정에서 생겨난다."

본능적 충동은 그렇다 치고, 특정한 대상을 갑자기 그리고 싶게 자극하는 것은 무엇일까. 어디를 가든 스케치북을 들고 다닌다. 몇 주 동안 꺼내지 않는다. 그동안은 사물을 봐도 그걸 그려야 할 것 같은 마음이 생기지 않는다. 그러다 갑자기 그 마음이 생긴다. 꼭 그려야만 한다.

내가 보기에, 그 마음이 생길 때면, 상황이나 그림의 대상에 상관없이 비슷한 상상력의 작동 때문에 그림을 그리고 싶은 충동이 일어나는 것 같다.

물론 모든 드로잉은 각자의 존재 이유를 가지고, 독창적인 것이 되기를 희망한다. 매번 드로잉을 시작할 때마다, 우리는 그때만의 서로 다른 희망을 가지기 때문이다. 그리고 매번 드로잉은 예측할 수 없는 그때만의 독특한 방식으로 실패한다. 그럼에도 모든 드로잉은 비슷한 상상력의 작동으로 시작된다.

모든 비행기는 출력이나 짐, 목적지에 상관없이 활주로의 똑같은 안내선을 따라 이륙한다. 그렇게 하지 않으면 하늘에 오를 수 없다. 똑같은 방식으로, 모든 자발적인(주문받은 것과 구분되는) 드로잉은 비슷한 상상력의 작동을 거쳐 '이륙' 해야 하고, 그 상상력의 힘으로 하늘에 떠 있을 수 있다.

바로 그 상상력의 작동—우리의 마음에 울림을 주는 많은 것들처럼 복잡하고 모순적인 그것—을, 나는 정의 내리고 묘사해 보고 싶은 것이다.

"그는 아주 오랫동안, 멀리 떠나 있었다. 아마도 영원히⋯."
　　—안드레이 플라토노프,「프로」.

어쩌면 내가 그린 러시아 작가 안드레이 플라토노프의 드로잉이 도움이 될지도 모르겠다. 플라토노프는 1899년에 태어나 1951년 모스크바에서 죽었다. 아버지는 기관차 운전수였고, 플라토노프 본인도 열다섯 살 때 철도 일을 시작했다. 그는 토지 개량 전문가로 훈련을 받았고, 곧 러시아의 외딴 시골, 광활하고 종종 황폐하기도 했던 그곳의 삶에 대해 기사를 쓰기 시작했다. 러시아 내전을 목격했고, 훗날 집산주의(集産主義)의 강화와 그에 이은 끔찍한 기근도 지켜봤다. 이차대전 중에는 최전선 종군기자였다. 언론에 발표하는 글 외에 개인적인 글을 쓰기도 했다. 그가 목격한 것에서 영감을 받은 이야기들. 씌어지기를 갈망하던 이야기들. 그 중 일부는 생전에 출간되기도 했지만, 대부분은 그의 사후 오십 년이 지난 후에야 러시아에서 출간되었고, 그 후엔 번역을 기다려야 했다.

십 년 전쯤부터 그의 글을 읽기 시작했고 점점 더 그를 존경하게 되었다. 그는 많은 면에서 오늘날의 세계가 필요로 하는 이야기꾼의 전조였다.

플라토노프를 읽으며, 종종 그를 그려 보려고 시도했다. 본인에 대해 직접적으로 언급하는 일은 절대 없지만, 그의 목소리, 현대사의 한쪽 극단에서 다른 쪽 극단으로 독자를 안내하는 그의 목소리는 금세 알아볼 수 있다. 열정적이면서 차분하고, 분노하면서 동시에 인내하는 목소리.

"'이제 나를 잊지 않겠죠?' 류바가 작별인사를 하며 물었다. '잊지 않아.' 니키타가 대답했다. '달리 기억할 사람이 없으니까.'"

내게는 플라토노프의 사진도 몇 장 있다. 그를 그리는 건 쉽다. 어릴 때 모습, 철도 일을 하던 모습, 기자일 때 모습, 아버지로서의 모습. 하지만 그 사진들은 그를 과거에 고정시켜 버린다. 내가 읽고, 깊이 생각해 보는 그의 말들은 현재형이고 급박하다. 이제 그를 보고 싶다. 내 앞에 있는 테이블 위, 그의 이야기가 실린 책들 옆에 나란히 놓아 보고 싶다.

그 급박함을 찾아, 갑자기 그의 사진을 꺼내 드로잉을 시작한다. 1922년 그의 결혼식에서 찍은 사진이다.

　드로잉을 하는 동안 자화상을 그리는 것 같은 인상을 받았다. 내가 아니라 플라토노프의 자화상.(우리 둘은 신체적으로나 심리적으로 닮지 않았다) 이 자화상으로 나를 이끈 것은 그의 목소리와 사진이었다. 그는 이제 쓸모가 없어진, 줄무늬 군용 외투를 입고 있다. 의복을 구하기 쉽지 않은 시절이었다. 자화상의 '자(self)'라는 단어는 하나의 명사이기를 그치고 전치사 '-를 향해(towards)'의 역동성을 획득한다.

　드로잉은 이 남자, 내전의 끝자락에 닥쳐온 기근과 가뭄을 목격하고, 사진을 찍기 한 해 전에 글을 그만 쓰기로 결심한 남자를 향한다. 자신은 기술을 공부한 토지기사이기 때문에, 작금의 상황에서 '문학처럼 깊은 생각을 요구하는 일에 관여'할 수 없다고 했다.

　아무런 환상이 없는, 그런 희망의 거부를 향한다.

　드로잉을 멈췄을 때, 그는 너무 집중하고 있고 자기중심적인 것처럼 보인다. 그런 종류의 거부를 했던 사람이라면 자화상이 편하지만은 않았을 것이다. 그 점을 간과한 것은 나의 실수였다. 플라토노프가 사진 속에서보다는 스케치북의 자화상 속에서 더 급박한 현재의 모습인 것은 사실이었다. 하지만 그는 어딘가 다른 곳에 지켜야 할 더 급한 약속이 있었다.

　어떻게 해야 할까.

　다음날, 문자 메시지를 하나 보낼 일이 있어 휴대전화를 찾다가, 가방 안에서 일 주일 전 여행에서 썼던 테제베(TGV) 기차표를 발견했다. 제네바에서 파리까지. 최고속도가 시속 삼백 킬로미터까지 나오는 기차. 플라토노프의 이야기들을 건너고 되돌아오고 다시 건너는 기차의 최고속도는, 시속 백 킬로미터를 넘지 않는다.

　기차표 뒤에는 정치적 모임에서 하기로 되어 있던 연설을 준비하며

적어 둔 메모가 있었다. 플라토노프보다 팔 년 먼저 죽은 시몬 베유에
대한 언급도 있고, 십삼 년 먼저 죽은 세사르 바예호의 글에서 인용한
문구도 있었다. 세 사람 모두 같은 대의를 위해 투쟁했다. 다음날 빗속
에서 걸었기 때문에 기차표가 젖으면서 글씨가 번져 내용은 사실상 알
아볼 수가 없었다.

　나중에 플라토노프의 초상화가 있는 스케치북을 다시 잡았을 때 그
기차표를 떠올렸다. 그리고 재미 삼아 그 기차표를 드로잉 아래 붙였
다. 기차표가 그림에 필요한 약간의 분산을 제공해 주는 듯했다.

　거리에서 오는 분산. 일 킬로미터가 일 밀리미터쯤으로 보이는 '항
공' 시점에서만 적응할 수 있는 분산. 하지만 그 안에서도, 우리 인간의
마음은 크기가 줄어들지 않는다.

　플라토노프는 그런 거리의 대가였다. 1946년 그는, 붉은 군대로 참
전했다 몇 년간 실종된 후 고향으로 돌아온 병사에 대한 이야기를 출간
했다. 이 이야기에서 **거리감**과 **친밀함**이 아주 가까이 함께 있다.

　"이바노프는 아내가 있는 곳으로 올라가, 팔로 그녀를 감싸고 함께
섰다. 물러서지 않고, 그가 사랑했던 누군가의, 잊혔지만 익숙한 따뜻
함을 느꼈다….

　그가 그렇게 앉아 있는 동안 가족들은 거실과 주방에서 환영 잔치를
준비한다. 이바노프는 집 안의 모든 물건들을 하나씩 꼼꼼하게 살핀다.
시계, 접시가 든 찬장, 벽에 걸린 온도계, 의자, 창틀에 놓인 꽃, 주방의
난로까지. 그 물건들은 그 없이 이곳에서 오래 살았고, 그를 그리워했
다. 이제 그는 돌아왔고, 그 물건들을 둘러보며, 하나하나 다시 알아 간
다. 마치 그 물건들이 그가 없는 동안 가난하고 외롭게 지낸 친척이라
도 되는 것처럼. 집 안의 익숙한 바뀌지 않은 공기, 연기, 아이의 몸에
서 전해지는 온기, 벽난로에서 나는 탄내. 그 냄새는 사 년 동안 똑같았
다. 그가 없는 동안에도 옅어지거나 변하지 않았다. 전쟁 중 여러 나라

를 돌아다니며 수백 채의 집에 들어가 봤지만, 이바노프는 어디에서도 그 냄새를 맡을 수 없었다. 다른 집 안의 냄새는 달랐고, 자신의 집 냄새에만 있는 어떤 특별함이 없었다. 마샤의 냄새, 그녀의 머리칼 향기도 떠올랐다. 하지만 그것은 숲 속 나뭇잎의 냄새, 그가 가 본 적 없는, 풀이 길게 자란 길의 냄새, 고향집의 냄새가 아니라 다시 찾아온 불안정한 삶의 냄새였다."

초상화 드로잉 아래 기차표를 붙였다. 비로소 안드레이 플라토노프가 거기 있는 것 같았다.

드로잉—소재가 무엇이든—을 하고 싶은 충동을 일으키는 상상력의 작동은, 플라토노프의 초상화 이야기가 분명히 보여 주는 패턴대로 은연중에 반복한다.

그려지는 대상에 더 가까이 다가가려는, 그 대상의 자아 안으로 들어가려는 공생의 욕망이 있고, 동시에, 그리는 이와 대상 사이에 내재한 거리에 대한 통찰도 있다. 그런 드로잉은 은밀한 재회이면서 동시에 이별이 되려 한다! 무한히 교차하는 재회와 이별.

정신이 영원의 관점에서 인식하는 모든 것은, 정신이 현행적으로 현존하는 신체의 실존을 파악한다는 사실로 인해 인식하는 것이 아니라, 영원의 관점에서 신체의 본질을 파악한다는 사실로 인해 인식하는 것이다.
—『윤리학』 5부, 정리 29

이제 좀 더 단순히 만들 수 있을 것 같다. 미국 포크 가수 우디 거스리의 사진들 중에 표정, 특히 눈의 표정이 플라토노프와 닮은 사진이 있다. 두 사람은 다른 면에서도 비슷한 점이 있다. 둘 다 목소리를 내지 못하는 사람들을 위해 목소리를 내었고, 둘 다 시골의 극심한 가난을 목격했다. 거스리의 노래 주제는, 주로 1930년대 대공황과 '먼지 구름' 가뭄이 텍사스와 오클라호마, 다코타 주의 소농들에게 미친 영향이었다. 집세를 다 내지도 못한 집을 잃고, 짐을 싸 들고 길을 나서고, 화물 기차나 수레에 몸을 싣고, 일자리가 있을 거라고 믿었던 캘리포니아까지 어찌어찌해서 도달하는 과정.

거스리는 카리스마있는 가수이자 기타 연주자였고, 타고난 즉흥연주자였다. 그는 옛날 노래를 불렀고, 오래된 가락에 자신이 새로 지은 가사를 붙여서 많이 불렀다. 그 중에 「안녕, 당신을 알게 돼서 좋았어요」라는 노래가 있다. 대공황 기간, 텍사스 평원 서부의 도시 팸파에서 길을 떠나는 수천 명의 입을 통해 불리던 노래였다.

최근에 라디오에서 거스리가 부르는 이 노래를 들었는데, 후렴구를 "기다려요, 기다려요, 당신을 알게 돼서 좋았어요"라 바꾸어 불렀다. 아마 그랬던 것 같다. 내가 잘못 들었을 수도 있다. 어쨌든, 이런 식으로, 그 가사는 그림 위에 나타나기를 요구하던 드로잉의 소재들에게 말을 거는 후렴구였다.

"기다려요, 기다려요, 당신을 알게 돼서 좋았어요."

손녀 멜리나가 스케치북에 그림을 그려 봐도 되냐고 묻는다. 스케치북을 손녀에게 넘기자, 아이는 테이블에 앉아 웅크린 자세로 집중한다. 내버려 둔다. 나중에 아이가 완성된 그림을 보여 준다.

보이세요?

뭔지 말해 주렴, 내가 말한다.

안 보이세요? 두 눈인데.

할아버지는 목걸이인 줄 알았구나.

그럼 두 개일 필요가 없잖아요. 두 눈. 처음엔 하나만 그렸는데, 다시 보니 두번째 눈도 그려야겠더라고요.

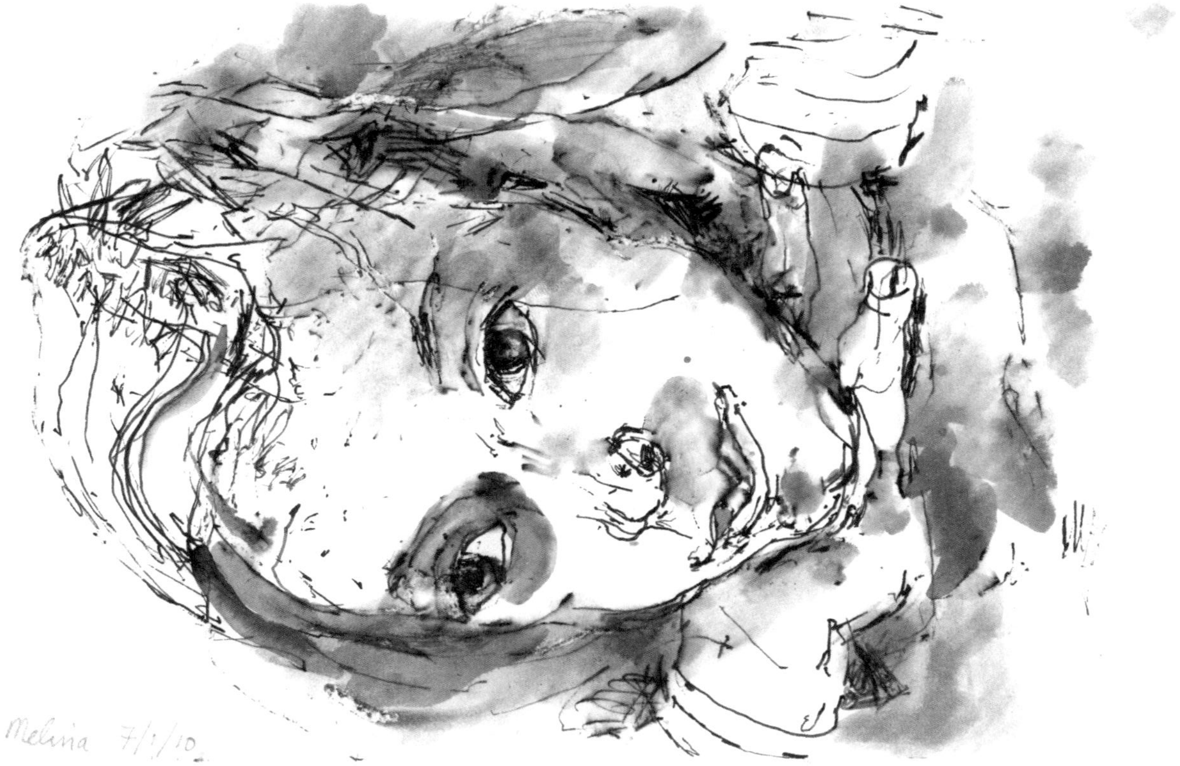

멜리나, 2010년 7월 1일.

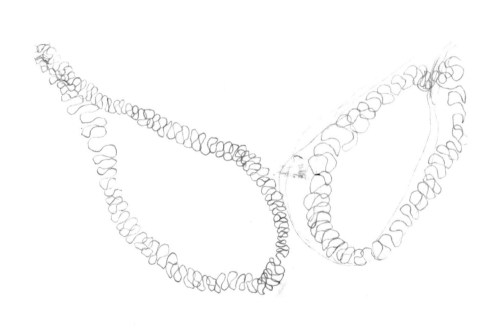

간략한 전기

바루흐, 혹은 베네딕투스 데 스피노자는 1632년 11월 24일 암스테르담에서 태어났다. 포르투갈에서 이민 온 유대인이었던 부모는 부유한 상인이었다. 그의 집에서 몇 거리 떨어진 곳에 렘브란트가 살았다. 유대인 학교에서 바루흐는 탈무드와 토라, 구약을 공부했다. 스피노자는 조숙하고 영민한 학생이었지만, 그 영민함에도 불구하고 몇몇 랍비에게 존경심을 표하지 않았고, 나쁜 예를 남겼다. 학교 당국에서는 장학금을 제시하며 그를 달래고 적응시키려 했지만, 그는 거절했다. 스피노자는 이후에도 평생 동안 어떤 후원도 거절했다. 한번은 유대교 사원 밖에서 그를 암살하려는 시도가 있었지만 실패했다. 결국 스물네 살이 되었을 때, 그는 유대인 공동체에서 영원히 모습을 감추고 파문을 당했다. 사원에서 그에게 내린 파문 선고문은 다음과 같다. "하나님께서 태양 아래 그의 이름을 파괴하고, 그가 따르지 않은 일들 때문에 그를 이스라엘 민족에서 떼어내실 것이니, 율법에 적힌 모든 창공의 저주가 그에게 있을 것이다."

다음 이십 년 동안, 마흔넷의 나이로 일찍 세상을 뜰 때까지, 스피노자는 책을 읽고 사색했다. 데카르트의 사상을 해설하고 또 비판했으며, 기록을 남기고, 숙고하고, 지치지 않은 열정으로 글을 썼지만, 모두 알고 있듯이, 익명으로 썼다. 다른 학자들과 달리 자유에 대해 썼고, 과학자와 서신을 주고받았으며, 친구들을 만나 토론을 했다. 자신의 책은 라틴어로 썼는데, 본인에게는 쉽지 않은 언어였다. 자신의 생전에는 출판을 거부했다.* 스피노자는 후대에 말을 건 것이다. 그는 어느 도시에서든 방이 둘 혹은 세 개 있는 검소한 집에서 살았고, 가족에게서 물려받고 싶어 했던 물건은 아버지가 쓰시던 기둥 네 개짜리 침대뿐이었다. 그는 광학에 매혹되었고, 드로잉을 했다. 자화상도 그렸던 것으로 보이는데, 나폴리 어부 출신의 혁명가 마사니엘로로 변장한 모습이었다. 마사니엘로는 스피노자가 열다섯 살이던 무렵 전설이 되었던 인물이다. 스피노자는 파이프 담배를 피웠고, 생계를 위해 렌즈 세공을 했다. 늘 친구들에 둘러싸여 지냈는데, 차분함과 근면, 활기찬 유머와 반듯한 성품, 그리고 늘 적절하게 처신하는 예의 바름 덕분에 친구가 끊이지 않았다.

한 편지에서 스피노자는 이렇게 적었다. "내가 최상의 철학을 발견했다고 주장하지는 않겠네. 하지만 내가 참된 철학을 인식하고 있다는 건 알고 있네."

감사의 말

이 책은 많은 사람들의 도움과 격려, 지원이 없었으면 결코 나오지 못했을 것이다. 여기 그 사람들이다.

먼저, 나의 아내 베벌리, 그녀에게 우리의 스케치북을 바친다.

또한, 알렉스, 앤, 아룬다티, 버나드, 밥, 클로드, 콜린, 콜럼, 엘런, 에마뉘엘, 파티아, 가레스, 한스, 이자벨, 장-미셸, 존, 조스키, 카티야, 루치아 수녀님, 마리아, 멜리나, 마이클, 미첼, 넬라, 누리아, 피에르, 필라, 라몬, 레마, 로버트, 로스티아, 산드라, 사라, 시몽, 틸다, 톰, 이브.

모두 고마운 사람들이다.

13쪽에서 20쪽까지 글은 『하퍼스(*Harper's*)』 2010년 2월호에 실렸고, 126쪽에서 136쪽까지는 2010년 9월호에 실렸다. 『하퍼스』의 편집자 엘런 로젠부시와 로저 O. 하지에게 감사한다.

스피노자의 인용구는 앤드루 보일과 G. H. R. 파킨슨이 편역(編譯)한 『윤리학(*Ethics*)』과 『지성개선론(*Treatise on the Correction of the Intellect*)』(J. M. Dent, London, 1910, Revised edn., 1993)에서 발췌했다.

옮긴이 주(註)

8. slivovitz. 헝가리 등 동유럽의 증류주.

32. 자줏빛의 교목으로, 무늬가 아름다워 건축과 가구재로 많이 쓰인다.

36. Marks and Spencer. 영국의 의류 및 잡화 소매점 체인.

37. Boots the Chemist. 영국의 약국 겸 화학제품 판매점 체인.

48. DDR. 동독과 서독으로 나뉘어 있던 시절의 동독.

55. Danilo Dolci. 이탈리아의 시인이자 사회운동가.

65. petanque. 쇠로 만든 공으로 하는 볼링 비슷한 게임.

66. roquette. 십자화과의 식용식물.

74. ① Maghreb. 아프리카 북서부의 모로코, 알제리, 튀니지를 포함하는 지역.

② raqs baladi. 중동 지역의 민속춤.

109. hachis parmentier. 파이와 비슷한 프랑스 요리.

126. ① 일본의 전통 가면악극.

② 石濤. 중국 청대의 화가.

③ 黃愼. 중국 청대의 화가.

128. 1871년 보불전쟁 후부터 1940년 제이차대전 발발까지의 프랑스의 정치체계.

129. ① Côte d'Azur. 레제의 그림에 등장하는, 사람들이 다이빙하던 지중해의 해변.

② 齊白石. 중국의 화가.

147. 스피노자는『윤리학』2부, 정리 13과 14 사이에 십여 쪽에 걸쳐, 물체와 운동, 인간 신체에 논의를 보충적 설명으로 전개하고 있다. 스피노자 연구자들은 이 대목을 따로 '자연학 소론'이라 구별해 부르기도 한다.

153. Armor Mobile Security. 프랑스의 특수운송 회사.

170. 스피노자 생전에 그의 이름으로 출간된 유일한 책은, 데카르트 철학에 대한 해설서인『데카르트의 철학원리』(1663)이다.

옮긴이의 말

저항은 영(零)으로, 강요된 침묵으로 떨어지기를 거부하는 것이다. 따라서, 저항이 이루어지는 바로 그 순간에, 만약 이루어진다면, 작은 승리가 있다. 그 순간은, 다른 순간들처럼 지나가겠지만, 지울 수 없는 가치를 얻는다. 그 순간은 지나가지만, 이미 출력이 되었다. 저항의 본령은 어떤 대안, 좀 더 공정한 미래를 위한 희생이 아니다. 그것은 현재의 아주 사소한 구원이다. 문제는 이 **사소한**이라는 형용사를 안고 어떻게 시간을, 다시 살아갈 것인가 하는 점이다. (pp.85-86)

『벤투의 스케치북(Bento's Sketchbook)』을 번역하고 나서 계속 머릿속에 남아 있는 단어는 **사소한**이었다. 존 버거(John Berger) 본인이 "문제는 이 **사소한**이라는 형용사를 안고 어떻게 시간을, 다시 살아갈 것인가 하는 점이다"라고 썼듯이, 이 책을 읽는 **사소한** 경험을 한 독자들은 앞으로 시간을 어떻게 살아갈 것인가 하는 질문.

물론 책 자체는 그 단어를 염두에 두지 않더라도 충분히 좋다.『존 버거의 글로 쓴 사진(Photocopies)』에서처럼 주변인물과, 스쳐 간 사건들을 특유의 섬세함으로 기록하고,『모든것을 소중히하라(Hold Everything Dear)』에서 보여 준 정치적 절박함이 있으며, 거기에 흔히 볼 수 없는 버거 본인의 드로잉까지 들어 있는 책이라면, 그 자체로 매력은 충분하다 하겠다.『벤투의 스케치북』은 이미 그렇게 세련된 책이다.

하지만 그런 구성의 세련됨, 혹은 고급스러움에 비해 존 버거의 글에서 소개되는 인물들에 대한 묘사, 그들이 살고 있는 지금의 현실에 대한 그의 분석은 다분히 정치적이다. 언뜻 보기에 서로 멀리 떨어져 있는 것 같은, 혹은 따로 존재하는 듯한 두 세계, 드로잉과 철학에 대한 독서가 암시하는 '여유'와, 아내의 요양비를 걱정해야 하는 은퇴한 노인, 고국의 정치적 억압을 피해 떠나온 망명자, 창고형 할인매장으로 몰려드는 가난한 노동자들이 대변하는 곤궁하고 치열한 '현실'이 어떻게 이어지는가에 대한 질문은, 위에서 말한 **사소함**이 사실은 정치적으로 얼마나 중요한 출발점이 되는가 하는 질문과 다르지 않다.

존 버거는 드로잉이라는 행위가 서로 별개의 것처럼 보이는 대상들, 혹은 대상과 그 주변 세계들을 이어 주는 메타포가 될 수 있다고 생각한다.

> 자연의 고정된 외곽선은 모두 임의적이고 영원하지 않습니다. 외곽선을 사이에 두고 양쪽에 있는 것들은 밀거나 당기는 행위를 통해 그 외곽선을 끊임없이 움직이지요. 한쪽에 있는 무엇이 자신의 혀를 다른 쪽에 있는 무엇의 입 안에 밀어 넣고, 반대의 일도 일어납니다. 드로잉이 직면하는 도전은 그 과정을 보여 주는 것, 서로 분리되어 있는, 알아볼 수 있는 어떤 대상뿐 아니라, 연장되는 무엇 또한 하나의 구성요소임을 종이 위에, 드로잉의 표면에 보여 주는 것입니다. (p.119)

하나의 대상을 그 대상만으로 보게 하는 고정된 경계선, 사실은 그 경계선이 영원하지 않고 끊임없이 움직이고 있음을 알아보는 것, 그리고 무엇보다도 '연장되는 무엇 또한 하나의 구성요소임'을 알아보는 것은, 드로잉의 핵심이면서, 동시에 정치적으로 대단히 중요한 출발점인 것이다. 그래서 붓꽃과 그 붓꽃을 둘러싼 기운의 관계를 그림으로 묘사하기 위해 애쓰는 화가의 노력은, 망명자가 그린 새 그림이 백과사전에 있는 도판을 모델로 한 것임을 알게 된 화가가 그 망명자의 과거를 좀 더 이해하게 되는 과정이나, 그저 말없이 앉아 파이프 담배를 피우는 마르코스 부사령관의 모습에서 멕시코 농민들의 저항의 역사를 읽어내는 과정과 다르지 않다. 둘 다, 지금 눈앞에 있는 대상(자연이든 물건이든 아니면 사람이든)을 지금의 모습으로 있게 한 '관계들'을 보려는 노력이라는 점에서 그렇다.

그 노력, 그리고 노력의 결과로 얻은 '알아봄'은, 하지만 아직 사소하다. 그것이 사소한 이유는, 아마도 그러한 깨달음이 아직 한 개인, 드로잉을 하는 화가와 이야기를 쓰는 작가라는 개인적 인식에 머물러 있기 때문일 것이다. 하지만 서로 따로 존재하는 것 같은 두 세계가 사실은 하나로 이어져 있음을 이해하고 나면, 개인과 집단의 구분도 그리 넘기 어려운 것만은 아님을 알게 된다. 나아가, 개인적 행위의 사소함과 정치적 대의 사이의 구분도 사실은, 사소한 것들의 정치적 힘을 과소평가하려는, 혹은 그 힘을 두려워하는 또 다른 정치적 의도에서 비롯된 임의의 경계 지우기에 따른 것임을 알게 된다. 긍정적인 정치적 변화란 그런 사소함의 연대에서 출발하는 것이기 때문이다. 교외의 공립도서관에서 『카라마조프가의 형제들』을 빌려 갔을 그 누군가를 생각하며 쓴 아래의 글은 그 사소함의 연대가 가지는 힘에 대한 좋은 예이다.

파리 교외의 누군가, 아마도 오늘 밤 의자에 앉아 『카라마조프가의 형제들』을 읽을 그 누군가는, 이미, 이런 의미에서, 먼, 먼 사촌일지도 모른다. (p.90)

누군가 저녁 식사 후 『카라마조프가의 형제들』을 읽는 것은 지극히 개인적이고 사소한 행동일 것이다. 하지만 존 버거는 거기서 희망을 보고 있다. 내가 읽은 이야기를 누군가 어디서 읽고 있음을 확인하는 기뿜. 내가 알아본 것을 나 아닌 누군가도 알아보았음을 확인하는 순간, 개인의 사소함은 집단의 힘으로 이어지고, 개인과 집단을 구분하는 경계선도 변하기 때문이다. 그러한 연대와 확장에 대한 신뢰야말로 '사소함'을 안고 계속 살아가게 하는 힘일 것이다. 책에서 소개되는 일화들, 이웃집 여인이 존 버거의 손주에게 스웨터를 선물한 일이나, 미술관에서 드로잉을 하다 경비에게 쫓겨난 일은 어찌 보면 모두 사소하다. 그런 일들을 적어 가는 그의 글쓰기와 주변의 소소한 대상들을 그리는 그의 드로잉도 아직은 사소했다. 그의 글을 옮기는 역자들의 작업도 사소했고, 마지막으로 한국어판을 읽는 독자들의 독서도 사소할지 모른다. 하지만 어디선가『카라마조프가의 형제들』을 읽고 있을 누군가에 대한 존 버거의 형제애는, 이 책의 독자들에게도 그대로 이어질 것이다.『벤투의 스케치북』이라는 책으로 이어진 그 사소함의 연대가 가지는 힘을 존 버거는 믿었을 것이다. 한국어판 서문을 써 달라는 요청에 긴 말 대신 '한국어판에만 들어가는' 드로잉을 한 점 보내온 것 역시, 그러한 연대에 대한 확신 혹은 부탁이었을 거라고 역자는 짐작한다.

이제 이 책이 세련된 구성에 치열한 내용을 담고 있는 이유를 이해할 수 있을 것 같다. 미술과 철학에서 암시되는 고상함이 현실에 대한 자의식을 잃어버리면 반동적인 이데올로기에 봉사하듯이, 정치적 대의가 사소함을 무시하는 순간 그 대의는 자신이 맞서 싸우는 정치적 억압과 닮아 간다. 그리고 그 두 가지 폭력은 모두 대상들을 구분하고, 개별적인 것으로만 보는 시각에서 비롯된다. 존 버거는『벤투의 스케치북』에서 그러한 폭력을 드러내고, 거기에 저항하는 방식을 제시한다. 이제 여든이 넘은 노작가가, 사소한 현재들을 구원하는 것이 대단히 중요한 정치적 행위임을 역설하는 모습은 절박하지만, 그의 그림과 스피노자(B. Spinoza)의 철학적 명제들이 함께 들어간 세련된 책은, 그 연륜에 어울리게, 우아하다.

이 책의 한국어 번역은 두 사람이 함께 작업했다. 존 버거의 에세이 부분은 내가,『윤리학(Ethica)』을 비롯한 스피노자의 저작에서 인용된 구절은 진태원(陳泰元)이 각각 번역했다. 스피노자의『윤리학』은 여러 종의 기존 한국어 번역본이 있지만, 번역의 정확성이나 문체 등을 고려해 라틴어 판에서 새로 번역하는 방법을 택했다. 아래의 글은 이에 대한 진태원의 설명이다.

'감사의 말'에 나오듯이 이 책에서 존 버거는 영역본『윤리학』을 인용하고 있다. 따라서『벤투의 스케치북』이 스피노자 철학에 관한 전문적인 연구서가 아닌 만큼, 존 버거 자신이 인용한 영역본을 그대로 번역하는 것이 자연스러울지도 모르겠다. 또 기존의 한국어 번역본을 이용하는 방법도 생각해 볼 수 있다. 하지만 나는 라틴어판에서 직접 인용하는 길을 택했는데, 이는 다음과 같은 몇 가지 이유 때문이다.

우선 존 버거가 인용한 영역본이나 기존 한국어 번역본이 썩 만족스럽지 못한 판본이라는 점이 중요한 이유였다. 존 버거가 인용한 영역본은 1993년 개정을 거쳐 새로 출판되기는 했지만, 원래는 1910년에 출간된 오래된 번역본이다. 여기서 출판 연도가 상당히 중요한데, 왜냐하면 오늘날 스피노자 연구자들이 주로 이용하는 권위있는 스피노자 고증본전집(critical edition)이 처음 출간된 것은 1925년이기 때문이다.(Carl Gebhardt ed., *Spinoza Opera*, vol. 1-4, Heidelberg: Carl Winters Verlag, 1925) 따라서 1925년 고증본전집을 대본으로 하지 않은 영역본은, 개정을 거쳤다고는 하지만 스피노자 저작에 대한 충실한 번역본으로 보기는 어렵다. 사실 영어권에서 현재 가장 널리 사용되는 번역본은 저명한 스피노자 연구자인 에드윈 컬리의 번역본(Edwin Curley trans., *Ethics*, New York: Penguin Books, 1996)으로, 엄밀함과 정확성에서는 단연 뛰어난 판본이라고 할 수 있다.

그러나 존 버거가 그 영역본을 사용한 것은 충분히 이해할 수 있는 일이다. 이 책은 스피노자 연구서도 아니고 스피노자에 관한 전기나 에세이로 보기도 어려우며, 오히려 스피노자 철학에서 얻은 영감을 바탕으로 인간과 사회, 정치, 문학과 미술에 관한 버거 특유의 통찰을 풀어 놓고 있는 자유로운 에세이이기 때문이다. 따라서 널리 읽히는 판본 중 하나를 골라 사용한다 해도 큰 문제가 될 것은 없다.

반면 국내에는 스피노자 연구의 기반이 이제 막 형성되고 있으며, 권위있는 스피노자 번역서가 아직 만들어지지 못한 형편이다. 즉 국내의 『윤리학』 번역본들은 모두 스피노자 연구자가 아닌 다른 전공의 연구자들에 의해 이루어졌고, 라틴어 원문이 아닌 독어나 영어판본을 대본으로 한 것이어서, 여러모로 신뢰하기 어렵다. 이런 상황에서 기존의 번역본을 따르기보다는 좀 더 『윤리학』의 원문에 가까운 번역을 새로 시도해 보는 게 좋겠다는 것이 옮긴이 두 사람의 공통의 생각이었다.

또 다른 이유는 스피노자의 문체 내지 스타일을 좀 더 정확히 살려 보고 싶은 옮긴이로서의 욕심 때문이다. 『윤리학』에는 반복 어구가 많이 등장하는데, 이러한 스피노자의 문체에 관해서는 다음과 같은 몇 가지 이유를 밝혀 둔다. 첫째, 스피노자는 모든 저작을 라틴어로 썼는데, 라틴어가 당대 학계의 공용어였지만 스피노자에게는 사용하기 매우 까다로운 언어였다. 스피노자는 청소년 시절까지 암스테르담의 유대인 공동체에서 전통적인 히브리식 교육을 받았으며, 근대 학문 교육은 거의 청년이 다 돼서야 접하게 되었기 때문이다. 이로 인해 스피노자의 저작, 특히 『윤리학』에는 관용적인 표현들이 많이 등장하며, 반복되는 어구들의 사용도 빈번하다.

둘째, 하지만 여기에는 또 다른 이유가 있다. 스피노자는 이처럼, 라틴어 능력의 부족 때문에 반복어구나 관용어를 많이 사용하게 되었지만, 이러한 약점을 자신의 철학적 특성으로 승화시킨다. 곧 『윤리학』에서 빈번하게 되풀이되는 반복어구는 자연의 질서 및 인간의 삶의 질서를 관통하는 편재적(遍在的)인 법칙, 공통의 메커니즘을 나타내기 위해 활용된다. 따라서 스피노자가 계속 사용하는 관용어구나 반복어구는, 인간은 자연과 독립해 있는 존재가 아니라 자연의 일부이며, 자연의 법칙과 자연의 질서에 의해 그대로 규정된다는 것을 가리키는 언어적 표현인 셈이다.

20세기초까지만 해도 스피노자의 문체 내지 스타일의 이런 특성은 충분히 알려지지 못했는데, 20세기말에 이르러 스피노자 연구가 부흥하면서 스피노자 철학의 내용만이 아니라 이러한 수사법적·문체론적 특성까지 잘 알려지게 되었다. 역자 역시, 이러한 스피노자 문체의 특징을 살리는 번역에 욕심이 있었고, 반복되는 표현이 매끄러운 읽기에 방해가 될 수도 있음을 이해하면서도 원문에 좀 더 충실하려고 노력해 보았다.

나는 스피노자『윤리학』인용문을 번역하기 위해 꽤 공을 들였지만, 그것이 독자들에게 어떻게 받아들여질지는 확신하기 어렵다. 다만 이 번역이 스피노자 철학을 이해하는 데나 또 존 버거 에세이의 깊은 통찰을 음미하는 데 조금이나마 더 도움이 되기를 바랄 뿐이다.

존 버거와 스피노자의 이질적인 글이 함께 있는 원문 텍스트를, 두 번역자의 서로 다른 문장이 함께 있는 번역 텍스트로 내는 것은 나름 의미있는 작업이었다. 후배의 부탁에 흔쾌히 바쁜 시간을 쪼개서 도와준 진태원 형과, 번거로울 수도 있었을 작업에 동의해 준 열화당 편집부에 감사의 말을 전한다.

2012. 10.
역자 두 사람을 대표하여 김현우(金玄佑) 씀.

존 버거(John Berger, 1926–2017)는 미술비평가, 사진이론가, 소설가, 다큐멘터리 작가, 사회비평가로 널리 알려져 있다. 처음 미술평론으로 시작해 점차 관심과 활동 영역을 넓혀 예술과 인문, 사회 전반에 걸쳐 깊고 명쾌한 관점을 제시했다. 중년 이후 프랑스 동부의 알프스 산록에 위치한 시골 농촌 마을로 옮겨 가 살면서 생을 마감할 때까지 농사일과 글쓰기를 함께했다. 주요 저서로『다른 방식으로 보기』『제7의 인간』『행운아』『그리고 사진처럼 덧없는 우리들의 얼굴, 내 가슴』『우리가 아는 모든 언어』등이 있고, 소설로『우리 시대의 화가』『G』, 삼부작 '그들의 노동에'『끈질긴 땅』『한때 유로파에서』『라일락과 깃발』,『결혼식 가는 길』『킹』『여기, 우리가 만나는 곳』『A가 X에게』등이 있다.

김현우(金玄佑)는 1974년생으로, 연세대학교 영어영문학과를 졸업하고 동대학원 비교문학과 석사과정을 수료했다. 역서로『스티븐 킹 단편집』『행운아』『고딕의 영상시인 팀 버튼』『G』『로라, 시티』『알링턴파크 여자들의 어느 완벽한 하루』『A가 X에게』『돈 혹은 한 남자의 자살 노트』『브래드쇼 가족 변주곡』『그레이트 하우스』『우리의 낯선 시간들에 대한 진실』『킹』『사진의 이해』『우리가 아는 모든 언어』『초상들』, 삼부작 '그들의 노동에'『끈질긴 땅』『한때 유로파에서』『라일락과 깃발』등이 있다.

진태원(陳泰元)은 1966년생으로, 연세대학교 철학과와 동대학원을 졸업하고, 서울대학교 철학과 대학원에서 스피노자에 관한 논문으로 박사학위를 받았다. 성공회대학교 민주자료관 연구교수로 재직 중이며『황해문화』편집위원으로 있다. 근대 정치철학에 관심이 있으며 루이 알튀세르, 자크 데리다, 미셸 푸코 등의 현대 프랑스 철학자들에 대해서도 연구를 병행하고 있다. 공저로『알튀세르 효과』『서양근대철학의 열 가지 쟁점』등이 있고, 역서로『헤겔 또는 스피노자』『스피노자와 정치』『마르크스의 유령들』『우리, 유럽의 시민들?』등이 있다.

벤투의 스케치북

존 버거 글 그림 | 김현우 진태원 옮김

초판1쇄 발행 2012년 11월 20일
초판4쇄 발행 2022년 3월 1일
발행인 李起雄 **발행처** 悦話堂
경기도 파주시 광인사길 25 파주출판도시
전화 031-955-7000 팩스 031-955-7010
www.youlhwadang.co.kr yhdp@youlhwadang.co.kr
등록번호 제10-74호 **등록일자** 1971년 7월 2일
편집 이수정 조윤형 박세중 **디자인** 엄세희
인쇄 제책 (주)상지사피앤비

ISBN 978-89-301-0435-7

Bento's Sketchbook © 2011 by John Berger
Korean translation © Hyunwoo Kim and Tae-won Jin
Korean edition © Youlhwadang Publishers
Printed in Korea.

Korean edition is published by arrangement with John Berger
through Duran Kim Agency, Seoul.